在巨人的國度旅行

旅行

當代語文研究、教學與實踐

顧蕙倩 著

自序

　　同時身為一名高中教師、大學教授及創作者，日日航行不同文字與族群的疆域，彷彿跨越不同時區的旅者。有時差嗎？其實日日充實不已的行程表，除了隨時得注意旅行箱的更換是否正確外，已是來不及調整時差。下了飛機，又要上飛機，上了飛機，又要成為隨時注意機上安全的機長（兼空姐），一個巨人國度過渡到下一個巨人國度的時差，不自覺地在書寫與教學間逐漸調節自如，甚至忘卻時間的差異。

　　回頭整理這幾年的書寫歷程，記載著自己自博士班畢業後對當代語文的研究、教學與實踐軌跡。一直以為，高中雖是升大學前的學習階段，卻更是生命與知識啟蒙的流金歲月，當知識出現在填鴨式的學習單裡，學生的房間將不會是容納巨人的世界，而是只能收納一張張破碎知識的收納夾子而已。到了大學階段亦然，講臺上的教授其實是和台下學生一起面對知識的浩瀚，一起充滿著對未知的好奇與已知的懷疑，一起情不自禁的望向窗外，當初春的微雨輕輕飄下。

　　這時，講台的教科書到底要翻開第幾頁呢？

　　還是，將教科書放在一邊，拿起粉筆，寫下「初春微雨」的詩句，然後把學生通通趕出教室，要他們搜集「春天的證據」呢？

　　數不清的課堂裡，和學生們談的話題，在標示標準答案的考卷裡找不著容身之地，也不知在四季遞嬗的時序間，究竟他們

印證了什麼？又遺忘了什麼？倒是自己藉著書寫印證了創作的靈光，也記憶了教學的軌跡。猶記得某日帶著師大附中學生校外教學，走過鄰近學校的「瑞安街」卻迷路其間！其曲折繁複的街道規劃令人狐疑，不禁自問為何街道設計竟如此詭異？問班上同學無一人知曉，大夥兒遂興起一探究竟的好奇心。

在我的腦海裡，教育與創作一直是相互依賴的情人。因為愛「創意」，他們倆永遠有聊不完的話題。

更重要的是，讓學生透過一支筆，可以撐起自己的小宇宙。身為一名熱愛寫作的國文科教師，「書寫」自然成為本課程的「主軸」。即使「跨領域」教學成為必要的途徑。

在教育書寫工程的開端，眼睛看向四周的同時，不忘回看自己選擇的視角。

站在明知即將消失的「風景」前，超越無法挽回的遺憾與無力，能否以「個人書寫力量」為美好而真實的片刻盡點什麼力量呢？

金士傑的劇本〈永遠的微笑〉則是自己在現代詩課程提及的劇本創作，當時選擇這劇本，第一個念頭就是博士班課程裡馬森老師的話語：「什麼才是真正的傳統？什麼才是真正的創新？」當面對書寫時，我可以只面對真實的自己與隱形的讀者，但是面對求知若渴的學子們，我該怎麼引領他們走進「現代詩」甚至是面對自己的傳統與創新國度呢？〈永遠的微笑〉是一本不可多得的好劇本，藉著書寫論文，我也構築自己教學的地圖。

而〈那種招呼　美如水聲——向陽詩的聲情欣賞〉則是自己帶著學生去旅行的一貫初衷，當課堂外有什麼活動能夠讓學生走出教室，我就會把旅行箱整理好，開始策劃和學生們下一趟的旅行。詩人向陽是臺灣當代極具代表性的詩人，當紀州庵文學森林

開始與我接洽深入高中校園的活動時，「詩人向陽」的展演計劃充滿可能性，很高興透過和主辦單位多次熱切討論間，我也完成了課間學習與課外展演的整合，透過閱讀向陽的作品及我的論文集，學生不僅認識向陽，更要以「動態展演」詮釋向陽的作品，並參與開幕活動的表演。若學生真能領會向陽詩作的聲情與意象，現代詩的教學就不再只是課本裡的片段知識。

而自2015年初接受台中市文化局委託撰寫詩人白萩傳記，以近一年的時間完成《詩領空：典藏白萩的詩／生活》一書，有幸近身採訪白萩，記錄他的生活近況，也同時專文介紹白萩與台中相關的文學地景：〈日式糕餅的滋味──白萩與臺中的生命原味〉及白萩的第一本詩集〈蛾之死：白萩〉。另有〈如歌的行板──瘂弦詩作小論〉、五篇與現代詩相關的書評與書介、語文教學心得兩篇及二十四篇採訪文章，書寫與教育的領域彷彿是一趟永無止盡的旅行。

穿越古今，橫跨中西。只要是想去的地方，書寫與教育帶領我和學生們四處走走。哪些是我們要去的地方？哪些背景知識應該講解給他們聆聽，而站在哪些風景面前又應該閉起自己的嘴巴，好讓他們各自領受，再內化為自己的養分呢？這本書正傳述著什麼。

目次

自序　　　　　　　　　　　　　　　　　　　　　003

評介　　　　　　　　　　　　　　　　　　　009

那種招呼　美如水聲——向陽詩的聲情欣賞　　010

如歌的行板——瘂弦詩作小論　　　　　　　017

永遠的懷舊，永遠的微笑——評金士傑《永遠的微笑》　037

日式糕餅的滋味——白萩與臺中的生命原味　057

白萩詩領空　　　　　　　　　　　　　　　065

蛾之死：白萩　　　　　　　　　　　　　　070

書序　　　　　　　　　　　　　　　　　　073

他盡量讓它們彼此貼近彼此對應——散文詩集《詩歌》序　074

早生華髮，煎熬詩心——《文學生產、傳播與社會：

　　解嚴後詩刊選題策略析論》序　　　　　078

不只是「鷹架」——《寫作36力》序　　　080

跨世紀文學觀察報告——陳謙及其《詩的真實：

　　臺灣現代詩與文學散論》評介　　　　　082

撫岸輕輕，你多繭的手——讀《給臺灣小孩》　085

語文教學研究　　　　　　　　　　　　　　087

在巨人的房間旅行　　　　　　　　　　　　088

聆聽文學重力波　　　　　　　　　　　　　094

我在採訪人生　　　　　　　　　　　　　　099

永遠的詩人——李瑞騰教授側寫　　　　　　100

生命處處皆韻腳——詩人余光中訪問記　　　103

在歷史中鑑往知來──余英時先生的「保守」與「激進」　113

胡適在中研院的那段日子──訪中研院院士石璋如　123

民族音樂現代音樂及其他──許常惠教授的音樂生命　128

誰是武林新盟主？聽說書人張大春說《城邦暴力團》　136

讓水生植物回娘家──邱錦和　141

聽我唱起家鄉的歌　145

傾聽內心的鼓聲　149

北投郊山小農幸福圈　153

浮球變書箱，書香飄湖西　157

村民寫村史，外埔一家親　160

正視老人存在價值，活出自己的尊嚴：南投菩提長青村　165

長安西路39號──「台北當代藝術館」的前世今生　168

一個卵生天才的夢想國度：

　　西班牙費格拉斯達利戲劇美術館　172

坐看觀音夕照，百歲「紅樓」重現風華　176

鏡花水月盡在玻璃中──琉園水晶博物館　179

坐擁滿山楓紅，聆聽秋水日潺湲

　　──「平等里」的「次男花圃」，邀你來偷閒　184

我們都是一家人：「唭哩岸」餐廳正在說故事　187

一瓶福菜的家族味緒──鹿寮坑羅屋舌尖上的鄉愁　192

耕讀傳家，日常人情──橫山潁川堂常民午宴　196

峨眉教堂再活化，百年餅店傳承香　200

經理大宅門，厚生日常味　204

從「生活」實踐生活哲學：拇指園兩代傳承　208

附錄　213

　各章出處及說明　214

評介

那種招呼　美如水聲
──向陽詩的聲情欣賞

一、詩的聲情

　　七〇年代臺灣興起的校園民歌運動帶動了詩樂創作風潮，曾讓臺灣文青隨時可以將一首長詩一字不漏地吟唱，音樂的翅膀無形成就了詩的普羅化。其中有一首向陽創作的長詩〈菊嘆〉，經李泰祥譜曲、齊豫演唱之後，能全首唱完的大有人在，「*所有的等待　只為金線菊／微笑著在寒夜裡徐徐綻放／像林中的落葉輕輕飄下／那種招呼　美如水聲／又微帶些風的怨嘆*」，精鍊縝密的意象搭配優美舒緩的樂音，令人不禁遙想三千多年前洧水畔輕輕哼起的情詩，當也是如此纏綿曲折罷！

　　即使是古典案頭詩人，亦是習於吟罷低眉，書之筆端，吟唱詩篇遂成為閱讀者內心聲情與文字節奏相互奔湧的海洋，優游其間，自然感知。而今現代詩雖然解開了古典韻律的腳鐐，卻依然傳承著詩的音樂精神。只是若以現今書寫習慣剖析「現代詩」與「音樂」的結合，思維「詩」該如何與「歌詞」進行分野，試圖釐清「詩」與「歌」的親族關係與雅俗之分，不難聽見剪不斷理還亂的「聲音」。重要的是，對一個現代詩人而言，口中還會反覆吟詠著自己的作品嗎？

　　同樣在意語言節奏與聲情之美的詞曲創作者和詩人們，不時可見瞻望彼此「聲情世界」而好奇探頭哼唱的聲音。然而剖析詩與歌的界限，除了方便一個文學系教授思考選入教科書的究竟

是不是「詩」，或是一個音樂人思考如何獲得更多閱聽人共鳴之外，現代詩的聲情之美可有三千年前臨河徘徊的流風遺韻呢？

從一個人到一個時代的聲音，自然呈現在當代文學作品之中，尤其是詩，尋溯「詩歌」發展的起源，成文謂之音，成調謂之曲，互為表裡，多音交響。一如《詩·大序》有言：「情發於聲。聲成文謂之音。治世之音安以樂，其政和。亂世之音怨以怒，其政乖。亡國之音哀以思，其民困。」楊牧在《一首詩的完成》專文提及「詩的音樂性」：「古代的詩本來如此，音樂和作品的指意密切結合，外敷以從容適宜的色彩，圓融渾成，無懈可擊。」楊牧所認為詩之為天籟和人心互生互鳴，這就是詩的音樂性基礎，[1]也是先於平仄押韻的聲音節奏，口中吟唱為歌謠，書諸筆端則成詩篇。

一般人誤以為現代詩國度脫離了音樂，其實詩國度裡異於散文的意象與內在音樂性成就創作內容的關鍵，脫離的是外在格律或是樂音曲調的密切結合。有趣的是，現代詩的發展一直和音樂界有著互為對話的關係，有些音樂家將自己的歌詞創作「歌詩化」以提升歌詞的文學性；而現代詩人將自己的詩作與音樂家合作譜曲進行詩樂表演，表現「音樂性」的方式也非常多元，無形間提升了音樂歌詞的「藝術內涵」。尤其閱讀一些現代詩人的作品，不自覺的口中念念有詞，還為之歌之舞之蹈之，其中詩人向陽的作品，就是可以隨時和詩人帶著詩走出書本，站在舞台上、回到河邊或是走入戰場，和民眾一起吟詩放歌。

向陽的部落格曾自述：「十三歲開始寫作，並且因為浪漫的誤解，迷上看不懂的《離騷》，在南投縣鹿谷鄉的山村中，立下

_____
[1]　楊牧：《一首詩的完成》（台北：洪範，1989），頁150。

做一個詩人的夢想。」[2]少年向陽，迷上音韻鏗鏘的離騷詩句，賦比興自然成韻，青春心靈與遙遠時空進行對唱。身為讀者，閱讀向陽的詩，字句鏗鏘，可吟可誦，舞之蹈之，心嚮往之。如此聲情魅力，不論是內在音樂性或是外在音樂性，彷彿引人走著漫漫三千年中國詩歌發展長河。

二、吟唱向陽詩

　　語言具備斷與連兩種特性，對以語言為唯一媒介的詩而言，如何產生「斷與連」的影響，時有深究的必要。[3]詩既然是一種語言文字的藝術，字義與字音便是構成這項藝術的兩大要件，所以詩人的角色，除從字義的表現遣詞造句外，另需從詩語言的「音樂性」把握。不論是形式的實驗或是轉而對語言本質尋求口語、白話，皆以開拓出符合時代與聲音的詩路為尚。

　　然而即使中國文化具備如此深厚的詩樂傳統，所謂詩的「音樂性」定義仍須嚴謹待之。我們必須承認今天提到「詩」，連帶想到「音樂」，真能代表現代詩的「音樂性」是和古典詩的「音樂性」具有相同意義嗎？那自詩經以降流傳三千多年的「詩的音樂性」基礎，已隨「詩」文體的書寫形式與書寫者角色的異動，也由「音樂和作品的指意密切結合」[4]的先民歌謠形式逐漸內化成為詩作品風格的一部分。到了唐代發展興盛的「近體詩」，卻在格律的規範中尋覓創作的依據，一但有了平仄對偶的限制，音節固定，章句不變，所謂源於天籟的「音樂性」對詩創作便失去

---

[2]　向陽工坊網址：http://hylim.myweb.hinet.net/，（（上網時間：2017.2.10）
[3]　白萩：《現代詩散論》（台北：三民，1983），頁96。
[4]　楊牧：《一首詩的完成》（台北：洪範，1989），頁150。

了意義，而詩的毀壞就從人為的四聲原理開始。[5]所以自從「現代詩」以打破唐代近體詩與古典詩格律規範作為表達媒介，意思就是其「音樂性」不能再以平仄音步為創作的規範，也無須充滿對偶或類疊的詩句，而是必須發展它真正創新的內在音樂性。既然現代詩的「音樂性」其實沒有任何規範，端視詩人的創作動能而定，有時可以充滿著詩經、楚辭般歌謠的音樂性，有時又可在反覆吟詠的情致節奏中，形成跌宕有致的內在音質。這也間接形成了中西詩人的作品無形吸引著「音樂家」紛紛為之傾倒，以詩成為其音樂創作的「繆思」之神，進而完成一首首為詩譜曲的佳作。

　　本來音樂即具有「穿越」和「縫合」兩種功能。[6]音樂也是一種寫作方式，可讓詩作裡看似無關的意象和字詞縫合，一如詩因為押韻、排比等音樂節奏，而將無甚相關的意象文字連在一起。當一首歌詞或詩譜上一曲好聽樂章，閱聽者可能會因為訴諸耳朵的感受，而無意間縫合了文字的殘缺空洞；也可能因為一首相從得宜的樂曲，而將一首好詩詮釋得更加感動人心。但畢竟不論如何談論詩的「音樂性」，還是得先有主從之分，當從詩文字的「內在音樂性」談起。

　　文心雕龍有言：「異音相從謂之和，同聲相應謂之韻。」然而當詩人的文字音韻思維與音樂人的音符思維開始碰撞，詩的內在音樂性與音樂人的樂曲聲調互為相從，形成詩樂跨界的各種表演形式，這種「和」，究竟是「和諧」？還是一方征服使另一方消退的「假性和平」呢？當不同的藝術形式與現代詩合作甚至相

[5]　楊牧：《一首詩的完成》（台北：洪範，1989），頁151-152。
[6]　〈「詩與音樂」座談會實錄〉，余風記錄，收錄於台灣詩學季刊編印：《台灣詩學季刊：詩與音樂專輯》（台北：台灣詩學季刊，2004.6），頁92。

互對話時，一首完足的詩作與音樂創作者如何達到「異音相從」的和諧境界呢？詩人向陽非常適合回答以上問題。

　　向陽的詩作已有多首譜成歌曲，或古典音樂家、流行音樂家、聲樂家，這些美麗的意外，詩人向陽說，他在寫詩的當下，從來不曾想過。就是那少年向陽一心戀慕的《離騷》仍然不停地在字裡行間悠悠吟唱著，唱到了李泰祥的世界，1983年便成典雅優美的〈菊嘆〉；而由校園民歌起步的黃韻玲讀著，1994年便譜寫〈大雪〉和2015年的〈草根〉，閱讀這些詩作，藉著詩語言的傳遞，內在聲景已自然成韻，而向陽曾多次在公開演講中稱讚這些作曲者譜曲的功力，他寫道：「〈大雪〉這首詩之冷，不僅在內容，也在形式。我嘗試以斷句、斷詞的修辭方式形成語言的斷裂情境……她在〈草根〉的歌中以高曠而略帶蒼茫的聲音，詮釋詩中頑抗不屈的精神，的確讓我動容……我的詩，來自文字和語言的錘鍊；她的曲和歌，則通過音節和歌韻來詮釋。詩和歌如此完美地結合，在深具才氣和人生歷練的黃韻玲作品中，我看到了流行音樂與現代詩對話，一個作曲家和歌手的前衛性，在無懼於也不排斥現代詩曲作中具現無遺。」[7]

　　另外還有多首詩譜成了聲樂合唱曲，也曾被音樂劇《渭水春風》採為劇中的主題曲，其中最主要的兩首是台語詩〈世界恬靜落來的時〉和〈秋風讀未出阮的相思〉，由冉天豪譜曲，殷正洋、洪瑞襄主唱，成功傳遞音樂劇主角的情感。其實這兩首詩都是向陽早已創作的台語詩，然而「因為曲和歌的傳揚，而產生了異乎紙本詩作的新的生命。跨界的喜悅、喜樂，在這樣的合作中更是快慰。」[8]當我們輕聲哼唱著這首〈世界恬靜落來的

7　《聯合文學》387期，2017年1月，頁54-55。
8　《聯合文學》387期，2017年1月，頁54-55。

時〉，內心情感的流淌亦與離騷的淒楚遙相唱和，一片靜美的詩樂世界。

世界恬靜落來的時（節錄）

世界恬靜落來的時
就是思念出聲的時
窗仔外的風陣陣地嚎
天頂的星閃閃啊爍
世界恬靜落來的時
我罥醒過來的暗暝想起著你

詩人向陽曾說小時候的他極喜歡唱歌，創作現代詩因此非常注意音韻問題。以閩南語朗誦這首詩時，音韻溫潤和諧，彷彿整個世界因為這首詩而恬靜了下來，以音韻帶動意象，以音韻引發情思，給予讀者一場視覺與聽覺的心靈盛宴。「世界恬靜落來的時／就是思念出聲的時」，詩人說，即使窗外風聲陣陣地呼嚎，即使天空閃爍著誘人的星光，當整個世界都靜下來的時候，就是我思念你之時，那種專注使人會暫時忘卻時間的存在，一心一意想著和你有關的事，不但睡不著，還想起一起走過的路，再細微的事都記得清楚。不管是伴隨著螢火蟲走過的田邊小徑、竹林、茫霧和山丘，詩人藉由細膩的景緻將讀者帶入恬靜的情境裡，這種恬靜不是闃無人聲，而是如潺潺溪水聲，彷彿有內在的韻律，也彷彿是兩人的輕聲細語。然而，與其說是因著世界靜下來才能感受得到，還不如說是因為內心靜了下來，專注地思念一個人，誠實面對自己的情感，整個世界也就同時安靜下來。詩人以詩的聲

情讓我們瞭解，原來這世界的喧囂不見得來自世界本身，當內心安靜下來，這世界也就輕聲細語多了。

「以音樂結合詩」來加強詩的傳播性向來皆非詩與音樂結合的積極意義，對詩人而言，「是否書寫適合譜曲的詩句」並非最初創作時考慮的要素，如此「異音相從」的「和諧」而非「同聲相應」的「同韻」，以各自的藝術形式詮釋各自的感受，領域雖有重疊，對話的目的皆不以「消滅」對方以壯大自己為目的，而是顯現各自擅長的表意符號，在向陽作品中結合的尤其成功。向陽的十行詩、台語詩或是節奏有致的詩，讀者絕無法只讓眼睛享受，藉著吟誦，我們盡情沈浸於現代詩的聲情之美。不管將來現代詩如何與流行音樂合作，或是詩人是否為流行音樂填詞，向陽的詩在在都顯現「詩與音樂」的美好記憶。

如歌的行板
——瘂弦詩作小論

一、前言

是甚麼時候開始寫詩的？是在甚麼樣的心情裡試寫下
第一首詩，而又為甚麼是詩？不是別的？這一切，彷彿都
遙遠了。

民國四十年左右，我的詩僅止於拍紙簿上的塗鴉，從
未示人，四十一年開始試著投稿，四十二年在「現代詩」
發表了「我是一勺靜美的小花朵」，四十三年十月，認識
張默和洛夫並參與創世紀詩社後，才算正式寫起詩來，
接著的五、六年，是我詩情最旺盛的時候，甚至一天有
六、七首詩的紀錄。五十五年以後，因著種種緣由，停筆
至今。

——瘂弦《瘂弦詩集·序》

瘂弦常喜歡說一句話：「一日詩人，一世詩人。」喜歡詩並
持續創作過的詩人，對於詩是永遠不會忘情的。但是，《瘂弦詩
集》至今終究仍是瘂弦唯一一本流通於現世的詩集。此書收詩人
創作以來所有作品於一帙，依洪範出版社體例編輯，略無遺珠，
允為定本。

洪範舊版《瘂弦詩集》已印行三十年，讀者穩定，影響持

續。這部經典之作，於2010年以全新面貌呈現，經詩人重新編校，歷時一年，精美珍貴當然不在話下，然詩人終究如一座休眠火山，不曾為新修訂的版本添加任何一首新作。

　　瘂弦問自己也問讀者「是甚麼時候開始寫詩的？」但更令讀者更好奇的是，「詩人呀，您是甚麼時候開始決定不再寫詩的？」瘂弦自1951年開始詩的創作，1953年發表其第一首作品〈我是一勺靜美的小花朵〉，迄1965年發表了〈一般之歌〉、〈復活節〉為止，就再也沒有作品見世，創作期間不超過十五年。瘂弦僅以一本詩集屹立詩壇至今，是文藝界歆羨不已的美談；書評更常以「現代詩之巔峰谷壑，陰陽昏曉，其秀美典雅，盡在於斯。」給予《瘂弦詩集》至高無上的詩人桂冠。這樣一位鍾情於詩，重視寫詩，並時時預言著自己即將發表新作的詩人，當寫著這樣的字句，「像我面團團的，自己照鏡子看著都彆扭，三日不寫詩面目可憎呀！什麼時候我變瘦了，就是要寫詩了。」（《蛹與蝶之間──我看新世代文學》，載《中央日報》副刊2000年3月29日），瘂弦到底如何看待自己的創作生命呢？寧願自己像一勺靜美的小花朵，既然盛開過了，也繁茂過了，就無需留戀生命曾有的奇蹟呢，還是那創作的十五年真正給了瘂弦一個適合經營詩的環境呢？

二、一個啞了弦的歌者：瘂弦

　　瘂弦本名王慶麟，1932年生於河南南陽一個農村家庭。關於自己的家世，瘂弦在〈故事〉一文中有過描述，該文曾收錄於《傳家寶》（號角出版社）一書中。瘂弦的父親王文清酷愛文學，尤其是「五四」以後的新文學，曾經為開封出版的一家雜誌

寫過稿。瘂弦曾不只一次地宣稱：「對於我，在一切古舊裡，只有一樣新的東西──父親給我的新文學知識。」父親常給瘂弦講解《幼學瓊林》、《古文觀止》、《唐詩三百首》和一些新文學小說、散文，無形中養成了瘂弦喜好文學的興趣。

在瘂弦的童年時代，父親曾在民眾教育館工作，為了帶動鄉民閱讀的風氣，這位愛好閱讀的農村先進份子發明了一座行動圖書館，也就是在改裝過的牛車上滿載圖畫書做巡迴服務，當時瘂弦的父親擔任館長，請了一位車伕掌鞭，再加上瘂弦這個小童工，三人浩浩蕩蕩，敲鑼打鼓，到處招攬孩子來看書，直到天黑才休館。這樣的特殊境遇，使瘂弦從小就對書籍產生興趣，而他的父親也非常鼓勵年幼的兒子寫作，並且期盼兒子長大以後能夠成為文壇上的「亮角兒」、「人尖」。

在那個動盪的時代裡，渺小的個人常常是隨著命運的腳步飄向各地，瘂弦也不例外，他於1948年11月離開家鄉時。離鄉第二年，瘂弦流浪到湖南，好多天沒飯吃。忽然看到城門上斗大紅字的告示：「有志氣、有血性的青年到臺灣去。」他和幾位同袍到招兵站一探究竟，一位河南老鄉熱情地煮了一大鍋肉招待他們，好幾個月沒吃到肉的青年們，吃完了肉便決定來臺灣。

1949年隨軍隊來台的文學青年不少，他們用文學安慰離鄉背井的寂寞，也以文字創作相濡以沫。在這樣的陌生環境中，瘂弦十九歲就開始發表詩作，同時，他也考取了政治作戰學校影劇系，受專業的戲劇表演訓練，更擴大了他的文學視野和創作領域。

大學畢業後，瘂弦分發到海軍陸戰隊服務，繼續軍旅生涯。1954年10月本著對現代詩的熱愛和理想，和洛夫、張默創辦了影響臺灣現代詩壇深遠的《創世紀》詩刊。退伍後，曾應美國愛荷華大學邀請，到國際創作中心研究二年，隨後又到威斯康辛大學

就讀，獲得碩士學位。同時，他也主編了多種文學刊物和享有盛名的聯合報副刊，瘂弦非常喜歡聯副的編輯工作，他認為：聯副就是紙上的北大，各路英雄不分學派，只要是有學問的人，聯副統統請來執筆，期待能夠碰撞出新的火花。

目前，瘂弦定居加拿大溫哥華，並在當地成立了「種詩會」。2000年2月，還利用閒暇時間應溫哥華中華文化中心的邀請，為當地僑胞開設詩歌講座，一時傳為美談。

1965年後就專心編輯工作的瘂弦，實際上的新詩創作生涯雖然只有十五年，成績卻相當出色。瘂弦的故鄉河南是戲曲之鄉，從小在戲棚子下長大的他，讓他對音韻和民謠特別敏感。他早期喜歡民謠、地方小調，二十歲之後則迷上了古典音樂。而大學時代的戲劇專長和從小培養的音樂愛好，使他的詩自然融合了中國古典詩的傳統和西方現代主義的形式，不但使他的詩擅長營造氣氛，自然呈現戲劇性元素，更具有明顯的民謠音樂風格，這些特質形成了瘂弦獨特的詩風和味道，讓瘂弦的詩在幾十年後的今天仍然受到廣大讀者與研究者吟哦再三。

三、瘂弦詩作特色

（一）戲劇元素之必要

亞里斯多德在《詩學》一書中所提出的「詩藝是對於人類行為的摹仿」，悲劇是出自於「真實人物的行動摹仿」，其故事情節、人物性格與思想內容，無一不是「摹仿」真實的人生。而書名《詩學》——Peri Poietikes（拉丁文意譯：Ars Poetica），英語即為「Poetics」這個字，中文譯作「詩」。但《詩學》譯者在注釋中論及，本書書名的希臘文為「Poietike Tekhne」，即來

自於動詞「Poiein」、「製作」。因此在古希臘的語境上,詩、戲劇都屬於「摹仿」過程所產生的作品。今天文學的體裁雖已將「詩」和「戲劇」分成不同範疇了,但是我們在亞里斯多德的定義中,可以發現這本書名為「詩學」,其實詩學的源頭在今日的意義上應比較類似於廣意的「戲劇」。

瘂弦似乎深諳亞里斯多德在《詩學》裡的詩學理論,大學時代讀的是戲劇,專長也是戲劇,瘂弦不但擅長在舞台上扮演不同的角色,更能明瞭詩的源頭其實離不開戲劇。他擅長將戲劇元素融入現代詩的創作中,使得作品充滿了戲劇的畫面與情節的鋪陳,詩中的人物也各自充滿著豐富的舞台效果,其動態性的處理,讓讀者在讀其詩時常常有觀看戲劇表演的流暢效果。其詩作的氛圍也不像同時期創世紀詩社同仁超寫實主義的晦澀詩風,瘂弦的詩給予讀者某種閱讀上的明朗和親切,這其實對臺灣現代詩的發展極具意義,畢竟,大多數的臺灣現代詩人在超寫實主義的創作手法中習慣與讀者產生莫名的距離,晦澀曖昧的詩風成了詩人慣用的語言,遠離了讀者,也遠離了中西詩學最初的本質。而瘂弦藉戲劇的元素形成明朗而口語化的詩風,至今讀來仍深覺臺灣現代詩的發展真正是不能缺少瘂弦。

以下先閱讀瘂弦的名作〈山神〉。中國自古常神、鬼不分,同樣以山中之鬼為題材,不能不提及瘂弦的名作〈山神〉,詩中的山神形象溫柔而慈藹,與屈原《九歌‧山鬼》的浪漫山鬼、鄭愁予〈山鬼〉裡失了靈魂的文明山鬼極為不同。

山神(節錄)

獵角震落了去年的松果

棧道因進香者的驢蹄而低吟

當融雪像紡織女紡車上的銀絲披垂下來

牧羊童在石佛的腳趾上磨他的新鐮

春天，呵春天

我在菩提樹下為一個流浪客餵馬

礦苗們在石層下喘氣

太陽在森林中點火

當瘴癘婆拐到雞毛店裡兜售她的苦蘋果

生命便從山貂子的紅眼眶中漏掉

夏天，呵夏天

我在敲一家病人的鏽門環

俚曲嬉戲在村姑們的背簍裡

雁子哭著喊雲兒等等他

當衰老的夕陽掀開金鬍子吮吸林中的柿子

紅葉也大得可以寫滿一首四行詩了

秋天，呵秋天

我在煙雨的小河裡幫一個漁漢撒網

——讀濟慈，何其芳後臨摹作。

瘂弦的山神以第一人稱的敘事者角色呈現，詩分四段，歷經春、夏、秋、冬四季，山神就像一位口誦民間歌謠的智者，悲憫的語氣娓娓訴說著山野村民辛苦的生活，巧妙的是這會兒山神不是一個癡情或是孤單的擬人描寫，也不是一個沒有情感思維的神仙，

而是還原為一個「山神」無所不知、無所不在的神祇形象，有時「山神」化身在樹下，有時又棲息於河邊，隨時保護垂顧著純樸的山民，看盡山民的生老病死。這樣戲劇性的手法，讓詩的主題得以明朗而自然的呈現。

我們可以順便比較另一篇以山神為主題的名作：鄭愁予的〈山鬼〉，即是從楚地的神話、祭祀頌歌中，將「山鬼」新生為現代詩的另一個意象，賦予現代性的主題。〈山鬼〉一詩運用神話式的幻想，將屈原九歌裡的山鬼浪漫形象，與現代男女的飄忽不定，作一巧妙的結合。可以說是將「山鬼」的神話「再造」，予以「新生」，成為具有「象徵」意義的一首現代詩。

兩千年前九歌裡的山鬼，究竟是神、是鬼，還是美人，雖未有定論，但可以肯定的是，不論「他」來自何方，在瘂弦或是鄭愁予的筆下，都是一位充滿情性與詩性的個體，令人彷彿看到一位宜笑宜嗔、忽隱忽現的居住於山林水澤間的神仙／女神。鄭愁予的〈山鬼〉裡山神思念君子的鍾情令人動容，從等待時的喜悅心情，到未見君子時的失望傷痛，仍不忘為其解釋不見蹤影的理由；山鬼情感的專一，癡心的等待，已使他成為千年山鬼神話裡的浪漫典型。而瘂弦的〈山神〉詩藉山神之眼關注社會基層的悲苦小人物，他能夠在現實中取材，也能夠在語言上變化創新。他的詩在語言上尤其表現出融合西方語法和中國韻味的特殊情調，節奏則流利而具有音樂感，既適合閱讀又適合朗誦，展現出極為迷人的味道。

瘂弦的童年和少年時代生活在華北農村，農民的勤勞、貧窮、質樸和苦難，他都了解得相當透澈。華北那片生死離難的平原，其風土人情更是少小離家的他永恆的記憶。從〈鹽〉中悲苦無奈的二嬤嬤戲劇性的生命呼喊；〈紅玉米〉中北方農村的舞台

似的風土和意象，都可以看出瘂弦富於戲劇元素的獨特風格。我們先欣賞這首名作〈鹽〉：

鹽（節錄）

二嬤嬤壓根兒也沒見過退斯妥也夫斯基。春天她只叫著一句話：鹽呀，鹽呀，給我一把鹽呀！天使們就在榆樹上歌唱。那年豌豆差不多完全沒有開花。

鹽務大臣的駱隊在七百里以外的海湄走著。二嬤嬤的盲瞳裡一束藻草也沒有過。她只叫著一句話：鹽呀，鹽呀，給我一把鹽呀！天使們嬉笑著把雪搖給她。

詩人像記錄著一個老故事般的訴說著二嬤嬤的苦難人生，整首詩分為三段，從頭到尾二嬤嬤只叫著一句相同的獨白：「鹽呀，鹽呀，給我一把鹽呀！」看似簡單的一句話，卻因為一段一段重複的吶喊，無形中更增添了幾許悲劇性；每一段都有其時序，也有相襯的人物以加強戲劇的張力，而第一段的退斯妥也夫斯基到最後一段的退斯妥也夫斯基，看似和二嬤嬤一點關係也沒有，但是1911年發生在小人物背後的國族巨變，也看似和這二嬤嬤一點關係也沾不上，武昌起義代表中華民國即將成立，但同時二嬤嬤卻選擇上吊自殺，革命與她何干，偉大的俄國作家退斯妥也夫斯基又與她何干呢？只有小小的如雪花般的鹽才能拯救她的生命，〈鹽〉這首詩裡充滿了許多悲傷的聲音，一聲又一聲的傷逝在歷史的風中。

〈紅玉米〉是瘂弦另一首為人所津津樂道的名作，和前一首

〈鹽〉不同的是，這會兒主角換成了安靜無聲的「紅玉米」：

紅玉米（節錄）

宣統那年的風吹著
吹著那串紅玉米

它就在屋簷下
挂著
好像整個北方
整個北方的憂鬱
都挂在那兒

猶似一些逃學的下午
雪使私塾先生的戒尺冷了
表姊的驢兒就拴在桑樹下面

猶似嗩吶吹起
道士們喃喃著
祖父的亡靈到京城去還沒有回來

猶似叫哥哥的葫蘆兒藏在棉袍裡
一點點淒涼，一點點溫暖
以及銅環滾過崗子
遙見外婆家的蕎麥田
便哭了

就是那種紅玉米

挂著，久久地

在屋檐底下

宣統那年的風吹著

—— 民國四十六年十二月十九日

時間和空間的遞嬗仍是升降全詩舞台的布幕，詩中的「我」歷經清宣統年代至1957年，在記憶的屋簷裡紅玉米一直扮演著安靜無語的旁觀角色，看盡物換星移，人事全非的滄桑，人會老朽，時代會更替，唯一的一串紅玉米是人世永恆憂鬱的象徵。

（二）異國想像之必要

「家」，一定是所有語言世界裡意義最深遠的一個字眼，在形式上，它代表了一個「現實」寓居的所在；在內在意義上，家乃是人與物達成精神統一之關鍵位置。一個人如何視一個地方為一處可以安身立命的所在，端賴家的「現實」所在和當事人的精神認同是否能結合起來。在不同的社會，人們以不同的方式建構出屬於自己的家園。不同的人們，更是以不同的情懷、不同的居住方式，建構出屬於自己的家園。這家園有時是寓居、休憩、傳宗接代的所在，有時則是精神所繫之處所。

身為一位文學創作者，總是習慣用文字來訴說自己生命的故事，瘂弦雖出生於河南，但其作品有懷念其真實身分上的家鄉，有寄託於心靈的祖國、文化的故土，亦有許多以異國城市為名的詩作，有時寫西方，有時寫東方。年輕的他因逃難來到了臺灣，

筆下書寫的地區卻鮮少包含臺灣這片土地。

　　楊牧在《深淵》後記寫道：「文學的真不是（比方說）地理的真。瘂弦寫斷柱集（卷四）時還沒有到過外國，但他寫的芝加哥是『真』的芝加哥：不是攝影或測量，而是繪畫，是心靈力量所完成的繪畫。」瘂弦寫著異國城市為題材的異國情調，那些城市居然不是詩人感傷浪漫的記憶居所。當一個詩人以地理名詞為寫作的題材，這詩性空間有別於的理性地域，當詩人將其意義投注於局部空間，然後以某種個人情懷依附其上，空間就成了地方。

　　瘂弦作品中有許多虛擬的空間，有的來自想像，然後詩人賦其以意義，在地球上是真有其名，詩人賜與的意義卻和這地名的文化社群無關，真實地名反而變成了一個意象符號而已，一如詩人楊澤曾說的：「當時我寫的有關政治的詩，也只能在一種內在放逐的空間…去模擬、想像「革命」的可能。」，以「內在放逐的空間」去解讀瘂弦的文本，當會挖掘出詩人未曾明說的空間背後真正意涵。

　　讓我們來看看這首〈在中國街上〉。文學評論者楊宗翰在〈穿不穿燈草絨的衣服——評瘂弦〈在中國街上〉〉一文中認為：既然整卷「斷柱集」之題目皆取自異國，「中國街」就不可能在臺灣島上，卻極有可能是指唐人街（Chinatown）。尤其詩作第一個字就提到「夢」，更暗示了「中國街」的異國想像的成分遠遠多於現實的空間。

在中國街上（節錄）

夢和月光的吸墨紙
詩人穿燈草絨的衣服

公共電話接不到女媧那裡去

思想走著甲骨文的路

陪繆斯吃鼎中煮熟的小麥

三明治和牛排遂寂寥了

詩人穿燈草絨的衣服

塵埃中黃帝喊

無軌電車使我們的鳳輦銹了

既然有煤氣燈、霓虹燈

我們的老太陽便不再借給我們使用

且回憶和蚩尤的那場鏖戰

且回憶嫘祖美麗的繰絲歌

且回憶詩人不穿燈草絨的衣服

沒有議會也沒有發生過甚麼事情

仲尼也沒有考慮到李耳的版稅

飛機呼嘯著掠過一排煙柳

學潮沖激著剝蝕的宮牆

沒有咖啡，李太白居然能寫詩，且不鬧革命

更甭說燈草絨的衣服

　　這其實是一篇詩人發思古幽情之作，如果這條中國街寫在中國或臺灣的地圖上，瘂弦就無法產生時空的戲劇性對比，更不能因而比較中西文化的差異性。從詩作中可以發現，瘂弦藉著一串串中國古典意象的鋪陳，並漸次出現在當代異國的市街上，讓人清楚感受到一個中國人不是因為走在中國街上就能找到中國文化存在

的痕跡，也不是坐在一排煙柳或剝蝕的宮牆前就能證明自己懂得中國古典文化的精神。不管是「女媧」、「甲骨文」、「黃帝」、「蚩尤」，甚至是「李太白」，再多的中國意象也僅剩詩人無盡的想像和傷悼。

　　在卷四「斷柱集」還有許多異國的地名，如巴黎、芝加哥、耶路撒冷、巴比倫、阿拉伯、羅馬等，瘂弦視每一處異國的地名為可以想像的心靈家園，每一處異國的空間所在都讓當時身處臺灣的無根青春有了重新植入新文化與新秩序的想像，它可以讓詩人漂泊流浪的情感暫時得到庇護，生命的旅程在此充滿了嶄新的意義。

　　但是，這些以地名為詩的情懷，其實是詩人一種心靈上的離散，使得年輕的瘂弦逃難來臺灣之後，能在不同的異國城市間流浪，有時是虛幻的場景，有時又彷彿真實得令人不寒而慄，年輕的他暫時還無法落腳於現實的家園臺灣。

　　於是，他寧以「印度」為名，寫下甘地的悲憫生命：

印度（節錄）

馬額馬呵
用你的袈裟包裹著初生的嬰兒
用你的胸懷作他們暖暖的芬芳的搖籃
使那些嫩嫩的小手觸到你崢嶸的前額
以及你細草搬莊嚴的鬍髭
讓他們在哭聲中呼喊著馬額馬呵

令他們擺脫那子宮般的黑暗，馬額馬呵

以溼潤的頭髮昂向喜馬拉雅峰頂的晴空
看到那太陽像宇宙大腦的一點燐火
自孟加拉幽冷的海灣上升
看到珈藍鳥在寺院
看到火雞在女郎們汲水的井湄
讓他們用小手在襁褓中畫著馬額馬呵

馬額馬，讓他們像小白樺一般的長大
在他們美麗的眼睫下放上很多春天
給他們櫻草花，使他們嗅到鬱鬱的泥香
落下柿子自那柿子樹
落下蘋果自那蘋果樹
一如你心中落下眾多的祝福
讓他們在吠陀經上找到馬額馬呵
馬額馬呵，靜默日來了
讓他們到草原去，給他們神聖的飢餓
讓他們到暗室裡，給他們紡錘去紡織自己的衣裳
到象背上去，去奏那牧笛，奏你光輝的昔日

到倉房去，睡在麥子上感覺收穫的香味
到恆河去，去呼喚南風餵飽蝴蝶帆
馬額馬呵，靜默日是你的
讓他們到遠方去，留下印度，靜默日和你

註：印人稱甘地為馬額馬，意為「印度的大靈魂」。

一個讀者知不知道印度在地圖那一方，其實無涉這首詩內容的理解，一種穿越時空的情懷，地名的虛擬並不是詩人無意義的虛擬，若以離散的角度理解文本，當會更進一步進入詩人的心靈，理解一個無根的愛與憂鬱往往來自於詩人心靈的漂泊，漂泊在一個又一個真實地名的「家園」與「異鄉」之間。

在臺灣這個地方，承載著詩人對於異國情懷的追尋與異國文化的想像，還原於寫作此詩的年代——1957年，那是一個政治氛圍蕭穆專制的年代，現實的臺灣當然是瘂弦居住的所在，他是軍人，印度甘地為追求獨立革命歷經的革命、暴動、生死、流離，一切都代表著血腥，血淋淋的，血的感覺。這些對於瘂弦來說，都不能在現實裡，更不能在他的詩裡發生。他寫甘地，讓印度的革命和甘地的犧牲在永恆的詩作中成為一種普世的價值，卻不涉及臺灣的當權者地雷。

於是，每一座城市，每一條街道和每一個異國的人名，都因詩人超越了它原來的名字，還原到最初只是一個「空間」的意義。每一個空間，其實都是瘂弦心靈想像的原鄉，無根的地圖，不管他用什麼異國的地名，它都是詩人企圖超越現實的「意象」。

（三）存在主義之必要

存在主義的精神極為複雜，無法一言以蔽之，只能顧名思義的說是討論「存在」的學問，相信「存在」價值的主義。這個概念在十九世紀前半期由齊克果首先提出。他把「存在」概念限於「具體」性，更重要的是「當時」、「當地」的當下的「個人」存在；他認為真正的人生、有意義的存在，只能完成於每個人的信仰之中，這種信仰在於「個人」自己的抉擇。

楊牧在《一首詩的完成‧抱負》中曾言及：

詩是宇宙間最令人執著，最值得我們以全部的意志去投入，追求，創造的藝術。它看似無形虛幻，卻又雷霆萬鈞；它脆弱而剛強，瞬息而永恆；它似乎是沒有目的的，游離於社會價值之外，飄浮於人間徵逐之外，但它尖銳如冷鋒之劍，往往落實在耳聞目睹的悲歡當下，澄清偽的謊言，力斬末流的巧辯，了斷一切愚昧枝節。詩以有限的篇幅作無窮的擴充，可以帶領你選擇真實。

對於瘂弦而言，尋找生命存在的意義是其作品中時見的主題。請看〈早晨〉一詩瘂弦捕捉到生命充滿靜謐存在的一段，如同王維的〈辛夷塢〉：「木末芙蓉花，山中發紅萼。澗戶寂無人，紛紛開且落。」那是一種安閒自足的存在，上帝降不降臨，其實和生命存在的本質意義根本無涉：

　　而這是早晨
　　當地球使一片美洲的天空
　　看見一朵小小的中國菊
　　讀著從省城送來的新聞紙
　　頓覺上帝好久沒有到過這裡了

在〈上校〉一詩中，他則使用冷靜的語言，寫出了生命的不朽其實就是上校每一時刻能看見生命存在的當下：

　　上校（節錄）

　　那純粹是一種玫瑰

自火燄中誕生
在蕎麥田裡他們遇見最大的會戰
而他的一條腿訣別於一九四三年

而被上帝、社會甚至是自己遺棄的社會邊緣人呢？瘂弦以
溫暖的關照與冷靜的語調，時時寫出小人物看似卑微卻真
實存在的證明。在〈乞丐〉一詩中，即使存在的證明只是
月光「注滿施捨的牛奶於我破舊的瓦缽」：

乞丐（節錄）

不知道春天來了以後將怎樣
雪將怎樣
知更鳥和狗子們，春天來了以後
以後將怎樣

依舊是關帝廟
依舊是洗了的襪子曬在偃月刀上
依舊是小調兒那個唱，蓮花兒那個落
酸棗樹，酸棗樹
大家的太陽照著，照著
酸棗那個樹

而主要的是
一個子兒也沒有
與乎死虱般破碎的回憶

與乎被大街磨穿了的芒鞋

與乎藏在牙齒的城堞中的那些

那些殺戮的慾望

每扇門對我開著，當夜晚來時

人們就開始偏愛他們自己修築的籬笆

只有月光，月光沒有籬笆

且注滿施捨的牛奶於我破舊的瓦缽，

當夜晚

夜晚來時

（四）民謠風格之必要

　　反覆行吟向來是中國古典詩歌的重要特質，自詩經以降，詩即與歌曲、舞蹈不分家，受到古典詩歌的影響，細讀瘂弦的詩，總讓人有吟詩唱詩的吟哦韻味。這種以詩之民謠寫實與心靈探索的風格體會詩歌之美，是瘂弦影響臺灣現代詩最為深遠的特色。請看這首音韻優美的代表作〈如歌的行板〉：

如歌的行板（節錄）

溫柔之必要

肯定之必要

一點點酒和木樨花之必要

正正經經看一名女子走過之必要

君非海明威此一起碼認識之必要

歐戰，雨，加農砲，天氣與紅十字會之必要

散步之必要

溜狗之必要

薄荷茶之必要

每晚七點鐘自證券交易所彼端

草一般飄起來的謠言之必要。旋轉玻璃門

之必要。盤尼西林之必要。暗殺之必要。晚報之必要

必要的條件在人世間何其多，有時人生中的必要是指必須具備的
自我堅持，如詩人吟唱著「溫柔之必要／肯定之必要／一點點酒
和木樨花之必要／散步之必要／溜狗之必要／薄荷茶之必要／穿
法蘭絨長褲之必要／馬票之必要／姑母遺產繼承之必要／陽臺、
海、微笑之必要／懶洋洋之必要」等等；有時的必要卻又像是人
生中不得不要的自我要求，如「正正經經看一名女子走過之必要
／君非海明威此一起碼認識之必要／歐戰，雨，加農砲，天氣與
紅十字會之必要／每晚七點鐘自證券交易所彼端／草一般飄起來
的謠言之必要」等等，當這些相似的句型排列在一起時，我們的
潛意識裡自然會產生繁複堆疊的不耐感，就像是人生在時間的軌
道上行走，看似重複無新意的制式化巡禮，其實，這些必要的因
素卻是各有不同的堅持。瘂弦讓人生的諸多必要以形式上之必要
重複，自然形成一首「如歌的行板」，讀來鏗鏘有力，但又因末
二句的「觀音在遠遠的山上／罌粟在罌粟的田裡」更增添了幾許
「世界老這樣總這樣」無奈的必要。

　　以下這首〈歌〉也是瘂弦極為知名的詩作，字裡行間以重複
的行吟精確的表現出時間如白駒過隙般無情的流逝：

歌（節錄）

誰在遠方哭泣了
為什麼那麼傷心呀
騎上金馬看看去
那是昔日

誰在遠方哭泣了
為什麼那麼傷心呀
騎上灰馬看看去
那是明日

四、結論

　　細讀瘂弦的作品，感動與震撼之餘，雖然仍不免好奇詩人是否真的不再寫詩，仍衷心希望能重新閱讀到詩人充滿歌謠與戲劇元素的新詩作。但也似乎能明瞭詩人不再發表新作的心情，詩窺探了生命的祕密，也開啟了瞬間即永恆的想望，在瘂弦的詩作中，我們便得以清楚的閱讀到他窺探生命的祕密與追尋瞬間即永恆的想望。楊牧在《一首詩的完成》寫道：「詩是宇宙間最令人執著，最值得我們以全部的意志去投入，追求，創造的藝術。」從瘂弦詩作內容的豐富性與風格的多樣性，我們可以了解瘂弦創造了詩，以他最執著的全部意志去投入，追求，創造而成的詩藝，值得我們細細品味，即便是近半世紀前的作品。

永遠的懷舊，永遠的微笑
──評金士傑《永遠的微笑》

摘要

　　亞里斯多德在《詩學》中提示：「決定悲劇性質的六個成份為：情節、性格、思想、言語、唱段和戲景。其中兩個指模仿的媒介，一個指模仿的方式，另三個是模仿的對象[1]。形成悲劇藝術的成分盡列於此。」[2]希臘悲劇唱段是最重要的「裝飾」，於現今戲劇表演的形式極為不同，而「戲景」雖然是戲劇演出時最重要的表現方式之一，也非常具有吸引觀眾的藝術價值，但是對於只分析戲劇文本的內容表現而言，「戲景」自然不是本文需要討論的範圍。

　　姚一葦在其著作《戲劇原理》中，揭示戲劇原理的戲劇本質論和戲劇形式論，其中可略分為批評結構之三大類：一、**情**節，二、架構，三、人物，[3]或可作為分析劇本的依據。細究其分析的依據，雖仍以亞里斯多德的《詩學》分類方式為本，但略去人物、戲景和唱段三部分，當更適合做為現今戲劇作品的析評依據。本文即以此為批評之基本架構，再加上「時代的特徵」，試

---

[1] 亞里斯多德《詩學》第六章附註說明－媒介：言語和唱段；方式：戲景；對象：情節、性格和思想。（台北：商務，2001，頁64）

[2] 亞里斯多德：《詩學》（台北：商務，2001，頁64）

[3] 此四大類之列舉，姚一葦教授在《戲劇原理》（台北：書林，2004）一書中並沒有明確的在目錄中標示，而是筆者依據姚教授書中之理論綱要及內容，整理擬定之戲劇文本批評結構。

分析金士傑的戲劇作品——《永遠的微笑》。

一、前言

　　布羅凱特（Oscar G.Brockett）在其著作《世界戲劇藝術的欣賞－世界藝術史》中提到：

> 　　在進行工作時，一個態度嚴謹的批評家會遇到以下三個問題：了解劇本，依其隱含的目的來判定它的效果，與估定它的最終價值。
>
> 　　要完全了解一個劇本，批評家必須探索通往該劇意義的每一個關鍵。首先，他應當分析劇本，最好是研究腳本，在他能完全了解劇本之前，很可能還要作別的探索。有時候，對劇作家的生平與背景的研究也是很重要的。……一定要等到所有了解劇本的步驟一一完成之後，批評家才能罷手。[4]

　　成為一個態度嚴謹的戲劇批評家，他應先以了解劇本、分析劇本為首要之務。但是作劇本分析之前，必須在眾多戲劇批評家的著作中，先確立一個適宜且有效的基本架構，更是當務之急。

　　亞里斯多德在《詩學》中提示：「決定悲劇性質的六個成份為：情節、性格、思想、言語、唱段和戲景。其中兩個指模仿的媒介，一個指模仿的方式，另三個是模仿的對象[5]。形成悲劇藝

---

[4]　布羅凱特（Oscar G.Brockett）：《世界戲劇藝術的欣賞－世界藝術史》（台北：志文，1985，頁43-44）

[5]　亞里斯多德《詩學》第六章附註說明－媒介：言語和唱段；方式：戲景；對象：情節、性格和思想。（台北：商務，2001，頁64）

在巨人的國度旅行——當代語文研究、教學與實踐　038

術的成分盡列於此。」[6]希臘悲劇唱段是最重要的「裝飾」，於現今戲劇表演的形式極為不同，而「戲景」雖然是戲劇演出時最重要的表現方式之一，也非常具有吸引觀眾的藝術價值，但是對於只分析戲劇文本的內容表現而言，「戲景」自然不是本文需要討論的範圍。

亞理斯多德亦說，一個劇本應該有一個開端，一個中段，一個結尾（a beginning、middle、and end）。表面上說來，這句話實在太過淺顯，但是它卻綜括了一個基本原則。從根本上說，這句話意指一個劇本應當完全而自足，所有有助於了解該劇的一切都應當包含在劇本之內而無庸外求。「開端」便是劇作家選來開始他劇本的那一點情節，在這一點上，劇作家建造起接踵而來的戲劇行動。「中段」將「開端」的潛力加以發揮，而「結尾」則解決問題而完成戲劇行動。如果戲劇行動並非完全而自足的，則觀眾將不免感覺疑惑。[7]

若只以分析劇本的「開端」、「中段」和「結尾」，當僅能呈現一部劇本基本的情節架構，畢竟無法細究每一情節的形成原因、風格、表現方式等藝術層面。姚一葦在其著作《戲劇原理》中，揭示戲劇原理的戲劇本質論和戲劇形式論，其中可略分為批評結構之三大類：**（一）情節（二）架構（三）人物**，[8]或可作為分析劇本的依據：

細究其分析的依據，雖仍以亞里斯多德的《詩學》分類方式為本，但已略去人物、戲景和唱段三部分，當更適合做為現今戲

---

[6] 亞里斯多德：《詩學》（台北：商務，2001，頁64）

[7] 同註1，頁47

[8] 此四大類之列舉，姚一葦教授在《戲劇原理》（台北：書林，2004）一書中並沒有明確的在目錄中標示，而是筆者依據姚教授書中之理論綱要及內容，整理擬定之戲劇文本批評結構。

劇作品的析評依據。本文即以此為批評之基本架構，再加上「時代的特徵」，試分析金士傑的戲劇作品──《永遠的微笑》。

二、關於《永遠的微笑》（She is Walking, She is Smiling！）

> 心上的人兒　有笑的臉龐，她曾在深秋給我春光。
>
> 心上的人兒　有多少寶藏，她能在黑夜給我太陽。
>
> 我不能夠　給誰奪走　僅有的春光，
>
> 我不能夠　讓誰吹熄　胸中的太陽。
>
> 心上的人兒 你不要悲傷，願你的笑容 永遠那樣……

──周璇〈永遠的微笑〉

2002年9月表演工作坊推出這部舞台劇，由金士傑編劇及導演，11月時到高雄文化中心演出，是一齣耐人尋味的舞台劇。

金世傑透過這齣戲訴說著他根深柢固的鄉愁──他的母親，他與自己的成長過程對話，也與記憶中的母親對話，對於母親在他生命中所留下的深刻影響，他借用了故事《小王子》中小王子與飛行員的對話──母親讓他擁有滿天會微笑的星星，永遠陪伴在他的身旁。

劇中的三名女子，分別代表母親的三個面貌，主角的名字「何來」，點出了故事的主軸；透過一場攝影比賽，何來與女子們之間的互動，展開一場意外的尋根之旅；劇中的開場與結束，都是演出何來與母親在玩捉迷藏，第一次找不到母親的何來，蹲在地上緊張地哭了，母親笑著從暗處走出來找他，第二次何來再

一次尋找母親，只是這一次被找著的母親卻揮手向他告別……。

　　在一家攝影公司裡，老闆王大可正積極想要參加一個名為「永遠的微笑」的攝影比賽，因為若是贏得比賽，就可以獲得高額的獎金，對於公司的營運大有幫助，王大可把所有的希望放在攝影師何來身上，何來是一個不太說話、有怪脾氣的攝影師，但是透過他的鏡頭常常可以看見一般人不容易看見的角度，例如，他曾經幫公司裡的資深模特兒杜沛倫拍過一張照片，那張照片裡倫倫的表情，是他的男朋友王大可許多年來所未曾見過的。

　　何來有一個特別的習慣，他常常默默地看著皮夾裡一張泛黃的照片發呆，他從來不給人看，看完也總要低沈一陣子。

　　比賽的日子越來越近，王大可找來許多模特兒參加試鏡，其中包括他在酒家所認識隨時可以開口大笑的女孩LuLu，以及在妹妹鼓勵下報名的害羞女生阿芳，然而何來在這群模特兒當中，卻怎樣拍都拍不到他滿意的照片，他看見倫倫的笑中帶著憂愁，LuLu的笑很職業，而阿芳在鏡頭前更是僵硬、慌張。在這期間，王大可一直催促何來，他覺得LuLu已經是夠美的了，他好幾次開口罵老是緊張出槌的阿芳，他要倫倫陪他一起討好前來參觀攝影棚的幕後金主季先生，不過何來還是不理會他，反而替阿芳修理壞掉的高跟鞋，跟LuLu抬槓，給倫倫一些安慰支持。然而，就在何來與這三位模特兒互動的過程中，何來不斷地在她們身上看見已逝母親的影子，母親的天真開朗、母親的苦難寂寞以及母親的平凡謙讓，母親就是何來皮夾裡那張照片的主角，何來透過鏡頭不斷地在尋找的正是自己的母親。

　　隨著攝影比賽的接近，攝影公司漸漸產生一些令人意想不到的變化，原來主辦這場比賽的季先生，是倫倫浪蕩多年的父親，在倫倫小時候就因罪被監禁在獄中，他想透過比賽接近不能諒解

他的女兒，王大可更是沒想到自己百般討好的金主，竟是受他冷落的女朋友的父親，另一方面，害羞的阿芳因為何來的照顧而開始戀慕他，在LuLu的鼓勵下，終於提起勇氣向何來表白，她的這一個舉動嚇壞了何來，多年來，何來的心中只有母親，他根本無法容下另一個女孩子的進駐，何來拒絕了阿芳，阿芳又羞又窘逃了回家。LuLu在暗房裡逼問出何來照片裡的祕密，卻差點跟何來大打出手，因為碰觸到彼此心中最深層坦白的心事。

　　故事的最後，攝影比賽終究沒有辦成，但是倫倫終於斷然告別了王大可，接納年邁體弱的父親，與LuLu成為好朋友，一起結伴出國，王大可則留下來照顧住在療養院裡倫倫的父親，而阿芳仍在等待何來，她接納了他的膽怯與猶豫，而何來呢，在落幕之前，他與母親在玩一場捉迷藏，只是這一次，母親不再出現牽他的手，而是漸漸地向天邊走去，在不捨的大哭聲中，何來告別了母親，將曾經擁有的母親記憶存留為生命中的珍藏，帶著感激邁向新生。

三、《永遠的微笑》文本分析

（一）情節──戲劇性故事

　　當亞理斯多德談論戲劇之時，就是把它當作荷馬史詩那樣的文學作品來看待的，所以他認為戲劇的「六個決定其性質的成分，即情節、性格、言語、思想、戲景、唱段」當中，最重要的是作為文學要素的前四者，而唱段只是從裝飾的意義上顯其重要性，至於戲景，「卻最少藝術性，和詩藝的關係也最疏」。所以在他看來，「一部悲劇，即使不通過演出和演員的表演，也不會失去它的潛力」。亞氏為什麼說戲景最少藝術性，和詩藝的關係

也最疏呢？因為在他的文學視角之下，戲劇之所以打動人，可以出自戲景，也可以出自情節，但「後一種方式比較好，有造詣的詩人才會這麼做。組織情節要注意技巧，使人即使不看演出而僅聽敘述，也會對事情的結局感到悚然和產生憐憫之情」。這就是說，戲之動人，其「動人」主要存在於情節之中。[9]

亞氏為情節下過一個定義：「吾人於此間所指之情節，簡而言之，及事件之安排或故事中所發生之事件。」[10]也就是說，所謂情節，乃是如何把一些發生的事件組合起來，成為一個結構的形式。[11]依照亞氏所下的定義，情節就是「事件」、「事件的組合」，它與生活中原生態故事的不同在於，它是由作者根據生活素材加工創造，並已獲得了自身的因果關係和審美特色。然而，戲劇的情節與史詩、長篇小說的情節是不同的。最根本的不同，在於戲劇情節是尤其「顯在部分」和「潛在部分」構成的，而史詩和長篇小說的情節則全是顯在的。

所謂顯在部分，是指放在舞台叫觀眾直接看到的那些情節，而潛在部分，則是指「幕後」、「台下」的那些故事，這些人和事是虛寫的，觀眾看不到，但必須想辦法叫他們知道、想到並充分理解，否則，他們就無法透徹的看懂舞台上表演的那部分顯在的劇情，因為這潛在的部分與顯在的部分是血肉相連的。因此，劇作家在構思一部戲劇情節時，決定選擇那些人和事要放在「幕後」、「台下」加以交代——這是隱於水下的冰山之體，這「選擇」的功夫是大有講究的，它不僅決定於劇作家的藝術風格，創作特性，而且也與劇作家所要表現的主題密切關連[12]。

9　董健、馬俊山：《戲劇藝術十五講》（北京：北京大學，2004，頁120）

10　亞里斯多德：《詩學》（台北：商務，2001，頁64）

11　姚一葦：《戲劇原理》（台北：書林，2004，頁102）

12　同註6，頁127

下即先就《永遠的微笑》一劇情節裡的「顯在部分」和「潛在部分」加以分析：

1、顯在部分：

一般來說，戲劇情節的顯在部分，其戲劇性比較強，特別是人物、語言的動作性也相對來說更加充分一些，以便於表演，便於觀眾接受。此外，這部分情節還要避免那些不宜直接向觀眾展示的動作和情景。今以《永遠的微笑》情節為例，對此稍加說明。

此劇的情節開始於一次「永遠的微笑」攝影展，攝影工作室老闆王大可因者此比賽的巨額獎金，決定積極參加，而攝影家何來在甄選模特兒的過程中，試圖以攝影捕捉到深藏在他內心深處的「永遠的微笑」。這是情節的主要發展線，其間伴隨著不同細微情節的發生：不同生命類型的模特兒一一出現、模特兒與攝影師微妙的情感互生、模特兒自身的情節發展、攝影師本人生命的糾葛與情結等等，時間上看到的是今與昔的互相參差進行，在有形與無形的空間上完成追尋「永遠的微笑」的「情節核」。

何謂「情節核」呢？它是情節中的情節，也可以稱之為情節之「母」。就是說，它是一系列事件的源頭和基礎，因了它，才會發生那一幕幕的好戲。用狄德羅的話說：「要沒有這個關鍵，情節也就沒有了，整個劇本也就沒有了。」[13]善於編織戲劇情節的劇作家，總會找到適當的「情節核」，從而鋪展全劇情節。《永遠的微笑》一劇，一看到劇名——「永遠的微笑就」已經提醒了觀眾，劇作家毫不諱言自己藉著情節的鋪陳發展，試圖追尋這世間的「永遠的微笑」。

---

[13] 同註6，頁129

2、潛在部分

以「永遠的微笑」為題，顯見劇作家更毫不諱言自己的懷舊，懷的不是舊日情調，而是對某種逐漸遠離這個時代的情感狀態，之死靡它的信念。[14]一個手持攝影機的攝影師，透過小小的「暗室」，他選擇把自己隱藏起來，隱藏在時間的回憶裡，隱藏在懷舊的情感中，隱藏在屬於母親的悲傷底。

羅蘭巴特在《明室》裡寫道：「我應該更進一步深入自我，好探索攝影的事實，探尋不論任何人看相片都看得到的，使相片在其眼中異於其他圖像的那個東西。」又說：「假使攝影仍屬於一個有感於迷思的世界，不乏各種象徵可藉之想像比喻攝影，那麼面對這麼豐富的象徵，不禁讓人欣喜若狂：比如相片中親愛的軀體藉著珍貴之金屬銀（紀念碑與豪華之代表）的中介而成為不朽；何妨再進一步，想到銀與其他鍊金術所用的金屬都是活性的」，[15]攝影之於羅蘭巴特，可以擁有各種的象徵意義，攝影之於《永遠的微笑》，之於何來，之於劇作家，之於台下看戲的觀眾，當然也可以擁有各種潛在的象徵意義。

舞台演出中的意象呈現極為複雜，可以呈現在場景、敘事結構或人物的行為模式上，可以呈現在台詞的文學語言中，可以呈現個別人物、群眾腳色或歌隊（舞隊）的形體表演中，也可以呈現在布景、燈光、服裝、音響系統中。可以是視覺的、可以是聽覺的、也可以是視覺、聽覺整體綜合所形成的氛圍。可能只是一種描述，一種單純的呈現，也可能是一種隱喻、一種象徵、甚至

---

[14] 鴻鴻：〈永遠的金寶，不變的微笑〉，選自金士傑：《金士傑劇本三》（臺北：遠流，2003）

[15] 羅蘭巴特著，許綺玲譯：《明室》（台北：台灣攝影，1997，頁98）

是一種整體性的象徵系統。[16]《永遠的微笑》一劇中，劇作家在意象的運用上極為重要，不論是人物的安排、場景的轉換、甚至是「燈光」本身，都是「象徵」的手法，「意象」的靈活運用。分析這些潛藏的部分，將更加深故事情節顯要部分的意涵。

（1）暗箱與暗房

　　攝影技術的重要起源就是暗箱與暗房。攝影師藉著暗箱，讓外來的明亮光線穿越黑暗，連接時間與影像，留住剎那的影像，成為永遠。然後，攝影再藉著完全黑暗的暗房沖洗，讓留在相紙上的影像一一顯影出來，彷彿透過如此與黑暗完全銜接，並拒絕光線的工作場景中，人們似乎可以戰勝只會直線加速的時間，留住永恆。

　　何來安穩的躲在暗箱裡，才能看到每個模特兒姣好面容背後的故事，而這背後的故事，以及故事人物的氣質，其實是不可名狀之物，攝影師所要捕捉顯現的就是這個。如果一張相片不能顯現氣質，身體便如少了影子，影子一旦切除，只剩下一個貧乏不育的身體。何來的世界，回憶的世界，不也就是一個暗房、一個暗箱嗎？黑暗需要光明的隔離，但是永遠的光明呢，其實也需要黑暗的時空的全然割捨，否則，光明將只是曇花一現的影像，無法永留在相紙上，成為永恆。何來最終還是沒有參加「永遠的微笑」攝影比賽，透過形式上的暗房與暗箱，他的內心對「永遠的微笑」的精神投射，卻是回溯到記憶裡的暗房和暗箱。原來，在何來的記憶裡，生命中不能納入光線的部分，其實就是母親了。

---

[16] 林克歡：《戲劇表現論》（台北：書林，2005，頁125）

（2）攝影師

攝影師是一個可以藉著暗箱與暗房控制光線，製造永恆影像的專家。何來，身為攝影師，投影自己的生命在攝影的世界裡，他藉著攝影，不僅捕捉稍縱即逝的影像，更捕捉心靈深處永恆的影像。攝影，真的能讓時間暫停，留住永恆嗎？那些在何來的攝影機面前，聆聽從何來指示，邊走位邊訴說著自己故事的模特兒們，多像是一個個在戲劇舞台上做角色扮演的演員。身為劇中攝影師的角色，如此積極主動的挖掘模特兒面容背後的故事，啟發他們的靈魂，聆聽他們的故事，多像是一齣戲劇的導演呢？身為導演，完成一齣齣因時空交織而成的戲劇，所企圖以藝術留住的，不也是超越時空的永恆嗎？

（3）捉迷藏

《永遠的微笑》的序幕，即是一場小何來和母親的捉迷藏遊戲。捉迷藏是一場人員從有到無，再從無到回到有的遊戲歷程，人來這世上走這麼一遭，不也是這樣的生命歷程嗎？從生到死，死了的是軀殼，但能真正留下的永恆究竟會是什麼呢？到了此劇的結束，劇作家又將何來與母親追尋的關係，置放在一場躲迷藏裡，這會兒母親是真的不見了嗎？雖然何來捉不住她，但是她的形體並沒有消失，只是一步步的朝著她口中所說的海洋走去，終至與海的顏色、海的光線融合一起。看似不見，其實只是成為煙波浩瀚的一部分罷了！捉迷藏，於是成了生者與死者、生與死之間極為適當的象徵了！

（二）結構

1、散文式結構

　　運用人和物的一切手段，造成盡可能逼真的舞台氛圍，在這些看上去不著一點匠心的生活場景之中，並不是為了外部的舞台效果，而是為了向我們揭示人的精神生活。用以統帥全劇的就是這些散文式結構，其中包含了內在的成分——理想、主題、情調，而且它的特點是必須完全不著痕跡地滲透在每一個細節之中。這正是體現出既追求生活的理想，又強調生活本身即是美的美學觀。[17]

2、情節結構的有機部分：急轉——發現——受難

（1）急轉（peripety;reversal of situation）

　　「急轉在戲劇中為自事件的一種狀態轉變到它的反面，此種轉變亦正是吾人所謂的在事件的發展中構成蓋然或必然的關連。」（《詩學》第十一章）所謂急轉，乃是事件的發展與預期的相反，預期發生之事，結果並未發生；預期不會發生之事，結果竟然發生。[18]

　　情節的急轉性在《永遠的微笑》中看似並不明顯，但是藉著「意象」的運用，

　　當何來躲在暗箱裡面對模特兒時，一種完全不同於真實明亮生活中的他突然顯現，一個滔滔不絕、主控一切、自然自信的攝影師於焉產生。這樣的衝突並不令人感到突兀，因為那樣更能突顯何來在面對時空變遷時的內在衝突和變化。他無法和一般人，

---

[17] 孫惠柱：《戲劇的結構》(台北：書林，1993，頁81)
[18] 同註7，頁103

甚至和他做船員的爸爸，或是和王大可一樣，生活的那麼沒有自我的衝突，只有無盡的慾望和精神的漂泊。所以，劇中的何來藉著光線產生明暗交替的場景，時而陰沉憂鬱，時而積極自信，這些的急轉，隱然成為牽引情節主線發展的關鍵。

（2）發現

「發現正如字面所示，對於劇中人物被註定了的幸運或不幸，，由無知變成知，從而產生愛或憎。」（《詩學》第十一章）[19]《永遠的微笑》裡母親的角色從一開始和何來玩捉迷藏遊戲，那隨時會因為躲著躲著便永遠躲不見的緊張氛圍，便已隱然成形，這般的可見與不見、生與死的永隔，從小便已烙印在何來的心底，已註定為他、及整齣戲的基調。

（3）受難

「受難可以界定為一種破壞或痛苦性質之動作，諸如舞台上之謀殺、、肉體上之折磨、傷害，以及其他類似者。」（《詩學》第十一章）[20]在《永遠的微笑》裡，母親的角色便是一個微笑受情愛之苦的角色，他一心守持童話裡女主角的幸福角色，但是童話裡的男主角——也就是何來的爸爸，長期的在海上漂泊，早已不願意只做童話裡的男主角，相信這世間有唯一的、亙古不變的愛情。所以何來的母親只守著一個鐵盒子，守著盒子裡一封封的情書。這是生命的磨難，無法追求永恆的愛情，只有愈來愈傷害自己。

---

[19] 同註7，頁103
[20] 同註7，頁103

（三）時代的特徵——與《荷珠新配》比較

1、實驗戲劇的三層面

八〇年代臺灣舞臺劇發展的新動向，其實驗意義是非常明顯的。這裡所謂實驗，是相對傳統戲劇而言的，它通常包括了三個層面上的探索性和選擇性意向。

首先，**在反映生活和觀念建構上**，實驗戲劇的宣導者與實踐者們一反傳統寫實劇的套路，強調用全新的感受、體驗和認知方式去傳達他們對社會現實和宇宙人生的嚴肅思考，其思維方式具有很強的現代感、超驗性和前衛性。八〇年代以前，臺灣舞臺劇創作的觀念建構，大都立足於從社會——歷史的層面之上來反映日常生活、揭露現實矛盾，所走的基本上還是十九世紀歐洲現實主義戲劇的路子。而當代社會生活和戲劇觀念的深刻變革，則使那些富於創新精神的舞臺劇工作者不甘於再走傳統寫實劇的老路。馬森說：「現代人，不容否認地，對我們所居留的世界、宇宙，及對人之為人的心態，有著更為深入廣闊的探求與發現，⋯⋯這就在各方面都產生了以觀察深度的增長與觀察角度的放大與轉移。」具體表現在實驗劇的探索活動中，就是另辟蹊徑，著意於從思想和精神的形而上的層面來看問題，因而這些實驗作品大都不同程度地凸現出一種超現實的觀念色彩。

其次，**從取材的角度看**，其實驗性不僅表現在劇作家們努力從現實生活和心靈世界乃至歷史中去發掘一些為現代人所忽略的深層意義，自從1980年新穎的《荷珠新配》出現並取得巨大成功以來，這種具有很強實驗性的改編方式吸引了很多的劇作家，一時間，到傳統戲曲中去取材成為時髦。馬森曾根據關漢卿《趙盼兒風月救風塵》改編了《美麗華酒女救風塵》，魏子雲根據舊

戲《蝴蝶夢》編寫了《新編蝴蝶夢》，果陀劇團則綜合關漢卿的《緋衣夢》、王實甫的《西廂記》、鄭光祖的《倩女離魂》和喬吉的《兩世姻緣》四本戲改編而成《兩世姻緣》。這些作品大都保留原戲的故事框架，利用現代戲劇語言，在古典故事原型中滲入了大量現代人的生活感悟。「舊瓶裝新酒」的取材方式產生了不少名劇，但聲望最高、影響最大的仍然是金士傑的《荷珠新配》，該劇被認為是臺灣當代戲劇實驗的一次成功嘗試。《荷珠新配》根據京劇《荷珠配》的舊有的故事框架改編而成。劇本寫的是「夜來香」陪酒女郎荷珠姑娘因一個偶然的機會得知大名鼎鼎、腰纏萬貫的大華公司董事長齊子孝二十年前因窮困潦倒，不得已將剛生下來而無力撫養的女兒金鳳送與別人，如今，齊子孝思女心切，追悔莫及，機靈而貪婪的荷珠於是與酒客串通假冒金鳳、演出了一場「闔家團圓、共用富貴」的鬧劇。很顯然，這是一部社會諷刺喜劇，其成功之處首先在於作者抓住了京劇《荷珠配》中諷刺世人輕親情、重名份地位這一主題，並將其納入到現代社會的價值規範之中，突出了現代人行為方式的荒唐與悖謬。而作為一部實驗劇，《荷珠新配》對臺灣當代舞臺劇發展的最大貢獻，在於它恰如其分地吸收了傳統京劇的某些素材，借助京劇的原有框架、運用現代戲劇語言，確立了舞臺劇新舊交融、古今合璧的新模式。

再次，**從表現形式上看**，實驗戲劇的作者們試圖擯棄傳統「話劇」的種種形式陳規、不拘泥於戲劇狹窄的觀念定勢。將舞蹈、音樂、曲藝、電影等藝術門類的表現手法統統移植於戲劇領域之中加以實驗。這方面，賴聲川做了大膽的嘗試。他領導下的「表演工作坊」所製作的「相聲劇」就很有新意。他們所演出的兩齣「相聲劇」《那一夜，我們說相聲》和《這一夜，誰來說相

聲》，就幾乎沒有傳統戲劇所要求的性格化人物、動作和情節化的事件諸要素，全靠一些相聲段子來結構全劇，顯現主題，演員就是舞臺上那兩個一逗一捧的說相聲的演員。以前劇為例，劇本通過看電視、八年抗戰、義和團和八國聯軍等段子，回顧了近百年來我國歷史上的重大變遷，儘管這個本子有時會給人一種偏離大框架而流於逗笑的感覺，但恰如馬森所評論的：「內容卻十分可聽，不但含有對當前社會與政治的諷喻與批評。而且本體可視為一個蘊意深刻的隱喻，在逗哏的爆笑聲中，開出了一席反思回味的天地」。八〇年代臺灣舞臺劇實驗，十分重視戲劇的劇場表演性，並努力開掘演員肢體語言的表現功能，有時甚至乾脆把佈景、道具、燈光等統統捨棄，全憑演員的肢體動作來呈現和暗示。比如金士傑的《家家酒》在舞臺時空的處理上就採用了無佈景裝置的全裸舞臺。不僅角色所身處的場所如陸地、別墅、沙灘、水中等全由演員的肢體動作來顯示；有時，甚至大膽地在平面舞臺上只用演員的視角來表示立體的空間方位（如別墅的樓層位置）。而且在時間的分割上，也運用了電影中「切」，全用演員自己來檢場，大大加強了戲劇演出的劇場效果，很是新鮮。

2、「荷珠新配」與「永遠的微笑」：創作形式與精神之比較

　　什麼才是中國戲劇美學真正的文化底蘊呢？是「荷珠新配」裡傳統戲劇的穿著、行當呢？還是「永遠的微笑」裡無所不在的整體思維呢？

　　中國傳統文化是在東方式的自給自足的自然經濟和宗族血緣關係的土壤上結出的精神果實，它的每一個傾向、每一個特點都可以在這一土壤中找到深層原因。在這古老的國度中，千百年來家庭是基本生產單位，家長制是整個社會的基石，宗族血緣關係有

力地維繫著全部社會成員，支撐著整個國家的政治生活。這同時也就決定了藝術實踐和審美活動不能擺脫濃重的倫理主義色彩。[21]

至於中國戲劇美學重抒情、重表現，注重主觀情感的抒發，成為一大傳統這也可以在早期儒家經典中找到源頭，《樂記》曰：「凡音者，生人心者也。情動於中，故形於聲；聲成文，謂之音。」《毛詩序》曰：「情動於中而形於言，言之不足故嗟嘆之，嗟嘆之不足故永歌之，永歌之不足，不知手之舞之，足之蹈之也。」這種抒情的傳統，一直為後來的戲劇美學所沿用。而日本學者中村元在談到中國人的思維方法時指出，它首先表現出「偏重對過去事實的依戀」，他說：「中國人的基本心理是力圖在先例中發現統領生活的法則。這樣對於中國人來說，學問就是暗示熟知已逝歲月中的諸多先例。」[22]

同是中國戲劇美學中的「尚古」思想，「荷珠新配」和「永遠的微笑」呈現出如何不同的面貌呢？

《永遠的微笑》正是體現現代戲劇尋求中國文化內在精神的根本，亦不忘記創新的具體實踐。我們這一代的人，應該要明白體察一個事實──那就是生活在科技文明之中，我們只有從傳統文化藝術與題材中才能去獲得「傳統」精神嗎？

什麼才是中國文化內在精神的根本呢？什麼才是傳統戲劇的真正傳統元素與精神呢？

八〇年代的金士傑在《荷珠新配》裡所思考嘗試的《荷珠配之現代社會縮影版》，然真正尋求到了中國文化內在精神的根本嗎？還是只「利用」中國傳統戲劇的語言舞台人物等元素，其實劇作家關心的已不再是承續中國傳統的永恆的精神了。

---

[21] 姚文放：《中國戲劇美學的文化闡釋》（北京：中國人民大學，1997，頁216）

[22] 同上註，頁219

《荷珠新配》用的是中國傳統的元素，其實驗的精神卻是前衛的、開新端的；《永遠的微笑》用的是西方的寫實精神與象徵方式，可是其內在的精神與氣息卻是傳統中國式的家庭倫理與生命永恆的情感。男主角何來所專注尋找的「永遠的微笑」，雖然起自一場攝影比賽，看似事出有因，但是隨著情節、人物、結構等的逐漸發展，抽離現實的大環境變遷因果，一場場回溯上游的生命之旅也於焉產生。母親美好的笑容一直留在何來的內心深處，從情節的開始一直貫穿至結束，那種子女對家庭親情的戀慕和依賴，家庭親情對子女生命的影響，都是劇作家欲表達的主題。而這不就是**中國文化內在精神的根本嗎**？

四、結語

從文本分析，不論在劇本的基本結構及主題的內在精神上，劇作家呈現出寫實與非寫實的劇場藝術生命的反思。其浮世繪的基調，豐富的人物面相，不但讓情節、對話又成為戲劇的主體，更讓戲劇古老的精神——娛樂與教化的功能再度重回二十一世紀的舞台，使我們充分感到傳統戲劇的溫暖氣息。

由於近幾十年來國內小劇場大多追求前衛的關係，可能使我們產生一種前衛劇場是西方劇場主流的錯覺。其實，如以戲劇人口而論，前衛在西方的劇場中始終處於邊緣地帶，商業劇場反倒是主流。商業劇場中當然也有創新的藝術，但更多的是與傳統的結合。戲劇，正像所有的其他藝術，只能在傳統與前衛的辨證關係中才能獲得成熟而適當的發展。[23]戲劇一如玩家家酒，本是人

---

[23] 馬森：《戲劇——造夢的藝術》（台北：麥田，2000，頁246）

類生長過程中最具啟發性同時也最富有趣味的遊戲，兒童從辦家家酒中學習做人的道理，成年人又何嘗不能從虛擬的情節中感悟到人生的真與幻。[24]

《永遠的微笑》，永遠的懷舊，不論劇作家懷念的是童年時期和母親的依賴之情，或是對劇場自身變遷的懷舊追尋，追尋「永遠」，早已是不同人類、不同文化的共同課題。在每一次的抗拒有限與接納命運的掙扎中，生命的永恆意義得以完成。

雖然，劇作家最後還是沒有說出什麼才是「永遠」，什麼樣的微笑才是劇作家心中「永遠的微笑」；雖然，這樣的主題可以超越時空的限制，最終可能看不到任何時代、任何劇作家的獨特性與代表性。但是，卻讓我們想起了傳統的祭典，帶給參與者較大的心靈作用，消除他心中的煩惱，使得心靈獲得淨化（Catharsis）的作用。[25]

五、參考書目

Oscar G.Brockett（布羅凱特）：《世界戲劇藝術的欣賞－世界藝術史》（台北：志文，1985）

王鼎定編：《認識國劇》（台北：國立臺灣藝術教育館，1992）

朱光潛：《悲劇心理學》（台北：駱駝，1987）

吳全成編：《臺灣現代劇場研討會論文集》（台北：行政院文建會，1996）

李力亨：《我的看戲隨身書》（臺北：天下文化，2000）

亞里斯多德：《詩學》（台北：商務，2001）

---

[24] 同前注，頁252
[25] 姚一葦：《戲劇與文學》（台北：遠景，1984，頁96）

林克歡：《戲劇表現論》（台北：書林，2005）

金士傑：《金士傑劇本一》（台北：遠流，2003）

金士傑：《金士傑劇本三》（台北：遠流，2003）

姚一葦：《戲劇原理》（台北：書林，2004）

姚一葦：《戲劇與文學》（台北：遠景，1984）

姚文放：《中國戲劇美學的文化闡釋》（北京：中國人民大學，
　　　1997）

孫惠柱：《戲劇的結構》（台北：書林，1993）

馬森：《戲劇——造夢的藝術》（台北，麥田，2000）

陸潤棠：《中西比較戲劇研究——從比較文學到後殖民論述》
　　　（台北：駱駝，1998）

董健、馬俊山：《戲劇藝術十五講》（北京：北京大學，2004）

鍾明德：《從寫實主義到後現代主義》（台北：書林，1995）

羅蘭巴特著，許綺玲譯：《明室》（台北：臺灣攝影，1997）

日式糕餅的滋味
──白萩與臺中的生命原味

　　出生於1937年6月8日的白萩，父親先在臺中市**中華路與篤行路間**租了店面，開了家日式糕餅店，爾後又遷至中華路138號擁有自己的店面。日本撤退，日式糕餅生意大不如前，加上母親早逝，白萩的童年生活貧苦艱辛。

　　細膩溫潤的和菓子滋味早已隨兒時遠去，在舌尖，卻化入心，每一口慢慢咀嚼品嘗的習慣至今還深深影響著白萩。每每拿起食物，送進口中慢慢咀嚼，感受每一滋味，沒有人的言語能取代他對食物的強烈感受，直到一一品嚐完畢，向你娓娓訴說他的舌尖感受，此刻你終於明瞭，那些細膩獨特的感知敘述，來自臺中出產的甜糕餅，遠自童年的白萩而來，一路植入了青年的白萩，繼續餵養著壯年的白萩，直到現在這老年的白萩，即便深居簡出於島嶼南方，依然深愛著臺中出產的甜糕餅，依然習於敏銳地感受著每一口生活的原味。

　　1944年8月白萩進入「**臺灣總督府臺中師範學校附屬國民學校**」，即現今的國立臺中教育大學附設實驗國民小學就讀，開始接受日文教育。1945年盟軍轟炸臺灣全島，學校停課，與外祖母弟妹疏散至臺中縣霧峰鄉。1946年學校恢復上課，停授日文、改授漢文。1947年學校奉令停教漢文，改教國語，從ㄅㄆㄇㄈ開

始。1948年與學長趙天儀同為書法選手，受張錫卿校長及導師特別指導。

1949年開始接觸世界文學名著及舊詩詞；母親身體不好，正值青春期的白萩眼見母親身體日益虛弱，罹患不明重症讓家人束手無策，小小心靈益顯敏感孤獨，那原本不該這麼早來逼視的死亡卻與燦爛青春靠得如此貼近，還沒感受成長喜悅的心靈被迫面對殘酷死神的降臨。

6月白萩小學畢業，同時考上省立臺中一中及**省立臺中商職初中部**（今臺中科技大學附設高商），因家境清寒，遂接受父親意見，進入省立臺中商職初中部就讀；1951年年初眼見母親在肚子鼓脹的莫名疾病下撒手而歸，十五歲的白萩只能眼睜睜地看著死神將母親帶走，留他以一顆孤獨的心，仰望著偌大天空，想像那是母親溫柔般的胸脯，緊緊將他擁抱。然而天空無語無情，母親的死亡給了白萩另一番生命的滋味，原來那慰撫的姿態果然只存在他的想像裡，給了人們生命，也無情地剝奪這一切的，依然還是抬眼便可見的天空。爾後白萩的作品裡不時出現以「蛾」、「薔薇」為喻，開啟對死亡的探索，時而嘲諷卑微的自我與死亡之神的權力抗爭，時而相信人類雖有生存權，卻無法避免死亡的宿命，命運的安排看起來是一連串巧合與偶然的排列組合，一點都不在吾人掌握之中，然而死亡之神看似強勢掌握了人類生命的無上權力，渺小的人類只能任由它擺佈，可白萩在一貫的冷靜與哲理式的生命思維背後，卻以一首首的詩勇敢地向死亡之神挑戰，這也是他因自小失恃而對死亡特別的熟悉與好奇。

1952年繼續就讀省立臺中商職高級部；同年水彩畫參加中部美展，榮獲特選。白萩瞭解自己在繪畫方面應是蠻有天份的，可惜家裡太窮，沒錢買筆買水彩，雖然老師會發給白萩水彩毛筆以

為獎品,讓他有機會畫畫,可是白萩知道家裡沒有辦法供應油畫方面的費用,因此就採取最簡單的方式:幾張稿紙、一隻鉛筆,開始寫稿。十六歲的白萩受張自英《黎明集》、明秋水《骨髓裡的愛情》不同於古典詩的詩風影響,而開始嘗試創作新詩及散文,並在臺中《民聲日報》副刊發表。

當時亦有許多文友互相往來,認識同為臺中師範學校附屬第一國民學校前後期學長的趙天儀、覃子豪、磨人、彭捷、葉泥、陳金池、柴棲鷲等人,當時的臺中文藝青年常在彭捷家聚會,以詩會友,一起談詩,一起談愛情,並常與趙天儀來到臺中公園談詩論藝。回憶這段友誼,白萩曾說:「當年與我一起練跑的是趙天儀。」也為未來一起在臺灣現代詩壇的開疆拓土立下感情的基礎。1955年6月24日白萩以〈羅盤〉一詩獲中國文藝協會第一屆新詩獎,與林泠同被譽為天才詩人。

家境清寒的白萩平日就是利用**臺灣省立臺中圖書館**(目前為合作金庫銀行臺中分行)和臺中商職圖書館做為私人書庫。另外還有一個就是民權路上的臺糖招待所,裡面的存書也頗多,白萩平日就是利用這三個書庫來自我學習。1955年7月自臺中商職高級部畢業之後,喜愛藝術的白萩為了家計決定投身社會,日後便靠自學苦讀力求上進。8月曾入臺灣省教育廳衛生教育委員會任職,1956年2月加入紀弦創立的「現代派」,1959年5月第一本詩集《蛾之死》由藍星詩社出版,前半部具有浪漫主義的色彩,後半部則實驗性極高,其形式的思考與創新對臺灣現代詩壇造成極大的衝擊。

1960年白萩離開任職的省立臺中農學院(國立中興大學前身)教務處,轉入秋金家具公司服務學商。喜愛「現代」事務的他,曾經營家具裝潢與廣告公司,公司先後以「現代」和「前

鋒」為名。在室內設計業名聲響亮的白萩曾獲選為**臺中市室內設計裝修商業同業公會**第一屆（1974-1977）及第二任（1977-1978）理事長。任職期間完成了立會法規、業內設計準則、收費標準及規範工程合約，並訂立了室內設計師資格評鑑辦法，並於1978年8月出版《成長中的臺中室內設計業》一書，任內期間他所樹立的人文風範與職業倫理，至今依然深深影響著臺中的室內設計業。1999年並擔任中華民國室內設計同業公會全國聯合會第三屆理事長，積極推動改革。

1964年與詹冰等十二人共同發起「笠詩社」，並在臺中豐原成立，曾擔任多期《笠》主編。1999年6月26、27日舉行「笠詩社」成立35週年年會，由創社同仁陳千武、白萩提議，參加年會的同仁一致響應，發起籌組「臺灣現代詩人協會」。由「笠詩社」同仁擔任「臺灣現代詩人協會」發起人，進行連署。2000年3月第一次發起人會議，選出籌備委員，並公推陳千武為「臺灣現代詩人協會」籌備會主任委員。2000年7月19日，在臺中市北區衛道路187號上智研究院舉行成立大會。由白萩擔任第一任理事長，並選出理事。「臺灣現代詩人協會」在歷任理事長白萩、吳麗櫻、賴欣努力經營之下，以台中為基地，集結臺灣各地的詩人。除定期發行《臺灣現代詩》季刊外，並舉辦多項大小活動，深入校園，走進社會各階層，推行現代詩的扎根教育不遺餘力。

日治時期傳統漢詩櫟社是從阿罩霧（霧峰）出發，連繫全臺漢詩詩人，而日治時期臺灣文藝聯盟，也是從臺中出發，聯繫全臺文藝作家。至戰後的笠詩社也是中部出發，至今五十餘年，發行刊物未曾間斷。而白萩的生命從臺中出發，創作亦然，至今即將七十九歲的白萩得空時依然讀詩、寫詩、畫畫、寫書法、看畫展，位於高雄的居所書法方面的書很多，字帖也有一個櫃子那麼

多，書桌邊是一箱一箱寫壞而丟棄的書法作品。

置放在桌上的文房四寶像「日式和菓子」般井然有序，墨香淡然，詩心依舊，也許身體不如昔日，唯銳利的眼神與精簡的話語依舊傳達著作品裡一貫冷靜犀利的滋味，一如兒時記憶的「日式和菓子」般，並未隨時代稍減其獨特的原味。

白萩的臺中文學地圖（共6處）

● 中華路與篤行路之間

出生於1937年6月8日的白萩，父親在臺中市中華路與篤行路間開了家日式糕餅店，爾後隨日本撤退，父親的日式糕餅生意大不如前。細膩溫潤的和果子滋味早已隨兒時遠去，在舌尖卻化入心，每一口慢慢咀嚼品嘗的習慣至今還深深影響著白萩。來自臺中出產的甜糕餅，至今依然使白萩習於感受著每一口生活原味。中華路在1960年代至1970年代時期曾是臺中市極為熱鬧的商圈之一，縱然近年來由於中區都市重心的轉移至各處，中華路商圈風光不在，但夜市裡的那份人情味依然能真正感受著傳統淳樸的臺灣味。

● 臺灣總督府臺中師範學校附屬國民學校

1944年8月白萩進入「臺灣總督府臺中師範學校附屬國民學校」就讀，開始接受日文教育。1945年盟軍轟炸臺灣全島，學校停課。1946年學校恢復上課，棄日文改授漢文。1947年學校奉令停教漢文，改教國語，從ㄅ

ㄆㄇㄈ開始。幼年在數種語言相繼學習下成長的白萩，「語言」自然成為現代詩創作的美學判斷與詩論基礎，他可以靈活自如的從個人語言的習慣出發，跳脫傳統模式，自我反思，並為現代詩語言完成獨特的美學判斷，以至於他的詩在遣辭造句上，可以精準地展開畫面和思維。1928年4月創校的「臺灣總督府臺中師範學校附屬公學校」，至2005年8月，改稱為「國立臺中教育大學附設實驗國民小學」。

● 省立臺中商職

　　1949年6月，白萩小學畢業，同時考上省立臺中一中及省立臺中商職，因家境清寒，選擇進入省立臺中商職初中部就讀；1951年年初母親逝世，繼續就讀高中部，即今臺中科技大學附設高商。1952年16歲的白萩受張自英《黎明集》、明秋水《骨髓裡的愛情》不同於古典詩的詩風影響，而開始嘗試創作散文及新詩，因為下筆如神，出手敏捷，同學們便給白萩取綽號為「劍仙」。同年以水彩畫參加中部美展，榮獲特選。1955年6月24日以〈羅盤〉一詩獲中國文藝協會第一屆新詩獎，與林泠同被譽為天才詩人。

● 臺灣省立臺中圖書館

　　家境清寒的白萩平日就是利用臺灣省立臺中圖書館（目前為合作金庫銀行臺中分行）和臺中商職圖書館做

為私人書庫。另外還有一個臺糖招待所，裡面的存書也滿多，白萩平日就是利用這三個書庫來自我學習，日自學苦讀力求上進，看到喜愛的文章便勤奮的一一抄錄，尤其熱愛翻譯自西方的文學作品。臺灣省立臺中圖書館前身為「臺中州立圖書館」，成立於1923年，曾歷經兩次搬遷、三次更名及多次改隸，1972年3月24日遷至現館，2013年1月1日更名為「國立公共資訊圖書館」。

● 臺中公園

日治時代興建的臺中公園位於臺中市公園路、自由路、雙十路、精武路之間，週邊為臺中早期發展地區之一，當時公園內的大土丘（砲臺山）亦為臺中古名「大墩」的發源地，日月湖也是綠川流經形成的天然水塘，曾為臺灣八景之一，是臺中目前唯一自日治時代保留至今的公園。園內有多處深具歷史意義的古蹟，歷經一百多年維護與整理，將古典與現代兼容並蓄，清雅精緻間透露著獨特的歷史意義。白萩就讀臺中商職期間，與喜愛寫作的趙天儀時常來到臺中公園談詩論藝。

● （臺中市室內設計裝修商業同業公會）

臺中商職畢業之後，喜愛藝術的白萩為了家計決定投身社會。1960年離開任職的省立臺中農學院（國立中興大學前身）教務處，轉入秋金家具公司服務學商。在室內設計業逐漸名聲響亮的白萩曾獲選為臺中市室內

設計裝修商業同業公會第一及第二屆理事長。1999年並擔任中華民國室內設計同業公會全國聯合會第三屆理事長。不但奠定了「台中市室內設計裝修商業同業公會」代代相承的協調管道與和諧氣氛外，韌性、瀟灑與低調的文人風範依然默默影響著臺中市室內設計界。

公會創設地址－台中市中區市府路38號3樓（當時借臺中市商業會會所一處為辦公室，此地址為原商業會的地址）公會現址位於臺中市五權路1- 67號14F-3。

白萩詩領空

一隻蛾突然飛來窗前，翅翼緩緩展開，
每個坐在咖啡店的人全都像蛾般飛了起來。

從去年三月接受台中市政府文化局委託，開始進行詩人白萩傳記的書寫工作，數次往返目前白萩旅居的高雄市寓所，深受帕金森氏症所苦的他，已無法順利言談，那語言無處不在的斷裂，多像昔日讀他的詩般充滿意象的連結。一直是從詩裡逐漸靠近「詩人白萩」，他有時是蛾、是樹、是薔薇，亦是深巷裡徘徊家門的貓，只能從字裡行間想像他的模樣：孤獨的凝視，冷冽的線條，簡拙的言語和深鎖的眉宇。沒想到生命的機緣如此神祕，接受了這份撰寫詩人白萩傳記的工作，得以回到創作的初衷，那認識現代詩的起點：白萩；更是以閱讀白萩詩的習慣閱讀著詩人的生命。

剛寫完第二章情慾的遠颺，才隨青年白萩寓居台南市新美街一號，那窗外長著的芒果樹，一顆顆愛的種子好紅艷又好沉重，我才抬頭，樹上的果子旋即墜落，青年白萩說：這吃來分外酸楚的，是愛。他撿拾給我，要我寫進書裡，可是卻又說其實當時窗外種的是一株不大不小的雀榕。我突然懂了詩裡的一句話：「也像你的詩在歷史中時時腐爛，卻又拼命地在發芽」。曾為了尋找詩裡的公寓女子，我在台南市迷了路，那眼前長長的新美街怎麼看都不像詩句裡短短潰瘍的盲腸，原來一切的風景已在現世的國

度裡逐漸消失崩毀，只有回到詩裡，方能找到詩人生活的蛛絲馬跡。

　　爾後來到台中，詩人白萩出生、求學與營生的場域，沿著綠川，穿梭中華路，逡巡健行路，走著詩人駐足過的街角，想像著一個小孩子如何眼睜睜看著親愛的母親鼓著一個大大的肚子，被死神召喚卻不知死因；想像他因生活困窘鎮日泡在圖書館振筆抄書的情懷。背包裡有他的第一本詩集，夾著一隻隻的飛蛾正在扉頁裡蠢蠢欲動，卻不知他們已偷偷探出了觸鬚。

　　　　一隻飛蛾，就停駐在眼前的玻璃窗，
　　　　翅翼緩緩張開像一張生命輿圖。

　　夜晚降臨，找了家咖啡店，準備整理思緒著筆第三章「死亡的窺視」，沒想到突然飛來一隻不大不小的飛蛾，就停在眼前的玻璃窗，翅翼緩緩張開像一張生命輿圖。我正驚喜於牠如此美麗，上網隨意查了有關蛾的資料，無意間發覺世界最大的蛾名喚「皇蛾」，而其英文學名"Atlas moth"居然就是輿圖（*Atlas*）之意。如皇蛾般美麗的羽翅將月光削成一半，暗室裡如神祇張開雙翼，與詩人共擁一張生命輿圖，渴望在最黑暗處繁衍生命的一隻蛾，靜靜來到書寫者的面前，俯瞰而下，無喜無懼。

　　希臘神話中雙肩撐天的泰坦神族被新神族征服後，新神族命「阿特拉斯」（*Atlas*，希臘語：*Ατλας*）負天。當我發現這隻世界最大的皇蛾居然也是那負天之神祇「阿特拉斯」的名字時，我問自己，一個詩人的心靈究竟如何背負一首詩如孤岩般的存在？當「阿特拉斯」決定凝視美杜莎的頭時，他終於知道自己累了，知道不可能一直雙肩扛起整個宇宙，一如那皇蛾偌大的翅膀，即

使在黑夜的盡頭妄想撐起整個光明的夜晚，終究不過只是撐起自己生命一張小小的輿圖，於此現實世界何干？又與生死的宿命產生什麼關連？

徐徐的震盪聲，鼓翅復鼓翅，看著這隻飛蛾，眼前的世界全都飛了起來，詩人母親靜靜躺在黑暗裡，為詩人吟唱著一首童孺的搖籃曲，以此教導詩人聽見生死與絕美的存在。眼前冷冽的空氣裡開始形成決裂的斷面，非生即死，非死即生。在荒原，在靜止如死亡裡我感到詩人如皇蛾般真實的存在，而此刻的我頭痛欲裂，驚覺於書寫本身正召喚著無數靈魂，貫穿今古中外。

回去島嶼北方繼續撰寫的工作，總是久久不能平撫，依然還是年少時初讀〈雁〉時的悸動，卻依然無法忘卻坐在扶手藤椅上的親切老者，真的是那寫〈Arm Chair〉一詩的孤絕捕手嗎？那記憶扉頁裡將天空射殺的孤冷詩人，怎麼今日已垂垂老矣？

　　生命許多的留白，一如詩人詩裡的意象，
　　雖是虛構，卻趨近於真實。

藉著詩，我認識「詩人白萩」；如今，依然藉著詩，我將詩人白萩介紹給世人。——梳理白萩的詩作，訪視與他關係深切的市街、親人與朋友。從故鄉臺中市開始，走過詩人出生的街道、讀書的學校和營生的場域；前往臺南市新美街一號，探訪當地耆老，確認曾經居住的新美街是否真如《香頌》所寫般一條既繁榮又狹窄的小小盲腸？昔日的酒樓「保美樓」是否還在新美街一號附近？臺北的繁華，對詩人白萩而言，有多少片刻是如擺渡般來去此岸與彼岸間呢？生命有許多的留白，一如詩人在詩裡的意象，想像多，方更接近真實。

陳文理女士曾在一篇文章中這樣談到她的丈夫：「對一個生活在安逸環境中的人，是不會了解白萩顛沛失所的困頓。生存，對我們而言，是一個重擔，從詩作便能領會。」訪問陳文理女士之後，方能真正體會詩人白萩與家人們承擔的重擔絕不僅僅是物質生活的溫飽而已，還有生命中濃得化不開的情感，這些原來都是「生命全部的重量」（〈重量〉），「現在／陽光正曬著吾家的檸檬枝……」（〈新美街〉），那酸澀的生命滋味，即使家裡庭院種的是雀榕，詩人寫來也自然成了檸檬枝。詩人白萩的兒子何聘生先生則是這樣親口對我說：「我覺得父親常常是不快樂的！」不管我們世人如何描述現實裡的白萩或是認識詩作裡的詩人，相信對何聘生先生而言，那都不重要，他只願世人眼裡的詩人白萩是一個能夠健康生活下去的平凡父親。「父親得了帕金森氏症之後，身體大不如前，但是即使走路不小心跌倒在地，他也堅持不要人扶，寧願自己站起來。」

提起父親的他眼神總是充滿著驕傲，與中年時期的白萩有幾分神似，然更多相似的是不捨的情懷。記憶裡陳文理女士曾對當兵的何聘生這麼說過：「你的父親日前胸口淤青了好幾塊，他都不說，直到他寬衣時，我看到他胸口的傷，問起他時才勉強回應。原來，向顧客收取裝潢工程的帳款，不但拿不到錢，還被人狠狠地揍了一頓。回家也不說，就這麼隱忍著，這就是你的父親。」每當我訪問結束，表示希望未來能親自致贈這本《詩領空──典藏白萩的詩／生活》以為謝意時，何聘生先生都是婉拒的，在他的心中，這本書畢竟仍只是寫給世人看的詩人白萩！而那真實的父親，依然還是那深夜獨自苦思創作，與母親白手起家，或在寒暑假嚴格要求四個孩子拿起剪刀將影印字帖上的部首──剪貼的那個父親。

今年年初，帶著完成的《詩領空——典藏白萩的詩／生活》拜訪詩人白萩，近30mins的紀錄片裡正敘述著詩人擅長詩語言的實驗，影片外詩人吃力的看著螢幕裡的自己。不時自口中發出孩童般的笑聲，不時揉揉眼睛，不時將耳朵靠近螢幕，語言正一片一片的安靜剝落。

我不能從他口中獲得完整的句子，不能確定他是不是喜歡我這麼寫他，影片內容是不是多說了或少說了什麼，但是，我坐在他身邊，感覺到他的語言正在嶄新的軀體底重構著：「我是一棵樹、一隻蛾……」，而《詩領空——典藏白萩的詩／生活》這本書交到他的手裡，感覺著詩人的故事還在每一首詩裡兀自訴說著，而詩人白萩依然是那顆最閃亮的北極星，靜靜的立在自己的詩領空裡，俯看而下，無喜亦無懼。

蛾之死：白萩

　　出生於一九三七年六月八日的白萩，父親開了家日式糕餅店，日本結束殖民，日式糕餅生意大不如前，加上母親身體欠佳，正值青春期的白萩眼見母親身體日益虛弱，罹患不明重症讓家人束手無策，小小心靈益顯敏感孤獨，那原本不該這麼早來逼視的死亡卻與燦爛青春靠得如此貼近，還沒感受成長喜悅的心靈被迫面對殘酷死神的降臨。一九五一年年初眼見母親在肚子鼓脹的莫名疾病下撒手而歸，十五歲的白萩只能眼睜睜的看著死神將母親帶走，留他以一顆孤獨的心，仰望著偌大天空，想像那是母親溫柔般的胸脯，緊緊將他擁抱。然而天空無語無情，母親的死亡給了白萩另一番生命的真切滋味，原來那慰撫大地的姿態果然只存在他的想像裡，給了人們生命，卻也無情地剝奪這一切的，依然還是抬眼便可見的天空。受到張自英《黎明集》及明秋水《骨髓裡的愛情》不同於古典詩的詩風，引發他對新詩的興趣。於是，十五歲的易感心靈促使少年白萩開始了創作的時光。

　　十六歲的白萩開始發表詩作，一週一期的《藍星週刊》幾乎是一週一篇，持續近四年。一九五五年六月二十四日以〈羅盤〉一詩獲中國文藝協會第一屆新詩獎，第二年紀弦成立「現代派」，由於白萩當時比較年輕，喜歡改革舊的創造新的東西，因此參加了「現代派」，從理念的追求以及技巧的研究，一直堅持著藉創作來完成對現代主義的實踐，也寫了較有現代感的結構主義、立體派的詩。其中有一首詩便是十九歲那年寫的〈流浪

者〉。當時〈流浪者〉寫出之後，曾被創世紀詩社的季紅先生稱讚為五四運動以來最好的詩。一九五九年五月白萩從四百多首習作中選輯了四十五首，由藍星詩社出版第一本詩集《蛾之死》。白萩說，取「蛾之死」為書名，主要是取「蛾」的撲火追求光明與黑暗為全書意象。

若想較深刻地了解白萩的詩，這就不能不重視白萩不同時期出版的詩集與創作主題。白萩曾自述其創作歷程可簡單劃分的四個階段：《蛾之死》是第一階段；《風的薔薇》是第二階段；《天空象徵》、《香頌》、《詩廣場》是第三階段；《觀測意象》是第四階段；第一本詩集為《蛾之死》，前半部具有浪漫主義的色彩，後半部則實驗性極高，其形式的思考與創新對臺灣現代詩壇造成極大的衝擊。爾後白萩的作品創作手法和語言風格儘管時有更迭，其文本所呈現的主題實兼具有與現實搏鬥的抗拒精神與積極浪漫主義的特質。

《蛾之死》當初選文的標準為何？「只要具備形象性與繪畫性的，就是好詩。」一共印了五百本，出版費用由高中同學和陳文理小姐贊助，封面設計則是由白萩自己一手包辦，一幅顯眼的蛾圖樣及書名題字也是尤其親手繪製而成。至於英文書名「*The Tragical Death of a Moth*」則是由一位當時任教於中興大學的朋友幫忙擬定的。 當時書籍出版之後的同年七月詩人林亨泰即在《創世紀》十二期刊登一篇〈白萩的詩集「蛾之死」〉專文，文中提及「白萩至此已經具備了寫「詩劇」的所有應具的一切條件了，老實說來，我們這個詩壇目前最缺乏的，就是這種「詩劇」的人才，那麼我們已有了白萩，從此我們便可以樂觀了。」

一九六〇年七月二十五日在《香港時報》「讀者生活版」刊載了一篇由譚娉婷撰寫的文章〈讀白萩「蛾之死」後〉，文中提

及詩集的前半部多為上乘之作，但是「後半部卻難以恭維了」，她認為現代詩人雖有「形式即內容」之口號，但要是真的達到「形式」與「內容」合一的話，那又何異於畫呢？不過她也提及讀了「蛾之死」後，對年輕人的詩歌猛熱感到既欣慰又不安，這正好呼應了白萩在《蛾之死》的後記這麼寫著自己充滿實驗的精神：「我所需要的是那些技巧，已存在的或有待實驗的，在我需要準確的毫無阻隔的表現我對人生的認識與生活的感受。反之，那些提倡為人生而藝術的，在他面具最後的本質，正是那些玩弄技巧，對人生與生活抱著膚淺的看法而正在懺悔。」，「藝術之所以能偉大的呈顯在我們眼裡正是由於技巧的偉大。」在《蛾之死》的後記裡白萩認為藝術裡的「自由」所意味的是指對於既有權威規律具有反思和再造能力，而後推廣至能夠適應新時代的新思維。這些出現於第一本詩集後記的文字，以自信嚴謹的詩論嚴肅反思一九五九年之前臺灣現代詩的發展現況，離一九五六年紀弦提出「現代派」六大信條不過三年時光。此時整座島嶼對多元性的語言處處充滿著新鮮感，亦包含了現代詩創作量正豐的白萩。一如白萩所思考的現代詩語言：自由語的自由詩的所謂「自由」，應不被用來解釋為無語言無形式的這一點誤解上，而應被視為嶄新的言語，以及新的形式的不斷推延。如此多元的詩論思維出現在一位年輕詩人的第一本詩集，實已漸漸呈現了日後白萩使用的意象符號與其文化認同間的辯證關係。

書序

他盡量讓它們彼此貼近彼此對應
——散文詩集《詩歌》序

　　心裡一直有一首詩，那是屬於遙遠三千多年前的一條小徑邊，有位女孩輕輕唱著：「采采卷耳，不盈頃筐。嗟我懷人，寘彼周行。」而就在此時，耳畔響起了征戰遠方的士兵歌聲：「陟彼崔嵬，我馬虺隤。我姑酌彼金罍，維以不永懷。」這是《詩經・周南・卷耳》的其中兩段，雖然我們早已無法聽到真正的歌謠原貌，但是那邊採著卷耳邊唱著歌謠的女孩，和那騎著戰馬，吃力地爬上高坡，詠唱著思念曲調的年輕男子的形象，他們倆那相隔兩地卻互相對話的形貌，至今依然歷歷在目。

　　於是，我們即使無法還原當時的歌聲，卻能再現昔日的情思，與當時的主角產生超越時空的感應，甚至譜寫與昔日詩歌相關的文學作品，將數千多年前的情思綿延至今。〈上邪〉為一首漢代的樂府詩，作者已不可考。正因為詩中的情感令人動容，因此歷經世世代代依然傳誦不輟，近人更是多以〈上邪〉古調新創，呈現出風格各異的現代詩作，夏宇和曾淑美的〈上邪〉便是其中最具代表性的兩篇作品。試觀夏宇的〈上邪〉節錄，其中不但留住了古樂府〈上邪〉的堅貞愛情觀，也和現代人不確定的愛情態度及因應彼此需求而存有的愛情宣言互為對話，也自然形成了同時閱讀兩篇古今作品者的寬廣閱讀經驗，就像「沖積扇平原」般，土壤總是特別的肥沃豐腴：

　　　祂乾涸了，他們是兩隻狼狽的槳。

他描述鐘，鐘塔的形狀，繪畫的，有一層華美的幻象的
窗。垂首的女子細
緻像一篇臨刑的禱文。
類似愛情的，他們是彼此的病症和痛。

而曾淑美的〈上邪〉則呈現迥異於夏宇，表現了一位小女子為愛
奔赴、為愛嬌嗔的純愛風格：

　　難道我的誓言
　　必須援引山水為證嗎？
　　當痛楚的胸臆終止呼吸
　　如山脈無有起伏；
　　流淚向你奔去
　　不惜江水自眼中涸結！
　　請不要疑惑，請愛我更多

　　中華民族本是詩歌的民族，傳統抒情詩與歌的連結與發展從
「詩經」以降便是淵遠流長，而在這麼一條以詩頌之，以歌詠之
的詩歌發展史上，今古輝映，情思成趣的「古調新創」一直為歷
代詩人作家們喜於嘗試的創作方式，一如劉彥和云：「有同乎舊
談者，非雷同也，勢自不可異也。有異乎前論者，非苟異也，理
自不可同也。」呈現出主題雖相同，因時代各異，而解讀不同的
文學創作風格。
　　而這本散文詩集《詩歌》是當代年輕一輩詩人群裡備受矚目
的王宗仁最新力作，他以一首首的當代流行詞曲與自己對話，完
成一首首優美動人的散文詩。雖非「古調新創」，然亦頗有各自

解讀，為歌詞廣義其意的深刻對話。如王宗仁以五月天的一首曲子〈約翰藍儂〉為對話的起點，將作詞人瑪莎與阿信的歌詞附於其上：「整個世界／曾經／都跟著你作夢／如今和平依然在歌曲裡頭／猜忌／戰火還跟著我一起生活／能不能暫時把你的勇氣給我／在夢想快消失的時候──」。讓我們藉著作品，不禁隨著五月天一起與「約翰藍儂」對話，以「你」相稱，還進一步閱讀到身為一位詩人的易感心靈，是如此深刻地受到流行歌曲的啟發：

> 當我再一次想起你……你是音樂與創作的標竿，比神年輕，但肯定像好詩一般，受人傳誦；你讓我們迷途在時代的漩渦時，有正確方向去完成文字，有足夠能量發出聲響。

　　王宗仁是一位創作質與量皆驚人的中生代詩人，獲獎無數，四度獲得「國家文化藝術基金會」補助新詩之創作及出版計畫，並曾獲自由時報林榮三文學獎、台北文學獎、聯合報宗教文學獎、全國優秀青年詩人獎等計有新詩、散文、小說、劇本、教案、歌詞、簡訊文學、童詩、廣告及標語等共百餘種獎項。目前從事文化工作，曾任大學文學講師、高中詩社指導老師、聯合報「聯合學苑」寫作技巧班講師、亞太教育訓練網講師、《中市青年》編輯、「文思診療室」駐站作家、臺灣日報副刊專欄作家……等等，著有詩集《象與像的臨界》（爾雅）等五本著作。
　　詩人蘇紹連曾如此稱讚王宗仁：「是臺灣新一代的散文詩第一把號手，他吹響了自己的聲音。」而王宗仁自己也有一段創作自述，「詩是一架架我懷胎、孕育多時，而後辛苦出生的象形轟炸機……」從他自述的寫作態度，可以發現其對寫詩的熱衷與

勇於創新的精神，他說：「寫詩像做夢。那些呢喃的密語、稍縱即逝的隱喻，輕輕曳入體內，就成了詩；於是乎，就以為自己誠實地活在華麗與哀愁之間了，以為詩已成為信仰的一部分。寫詩真像做夢，遺憾的是，大多數的我們不知該何時醒來。」一如詩人蘇紹連對他的肯定；「以綿密繁複、反覆推演的描繪，形成散文詩的組詩範式。」這種表現方式是過去兩代散文詩家作品中相當少見的。這本散文詩集《詩歌》便是以散文詩的自由形式與當代流行歌曲進行既深刻私密又現代性的對話。如此充滿個人性的創作風格，從王宗仁選擇的當代流行歌曲便可知曉其平日善於聆聽流行音樂，進一步成為當代流行詞曲的鑑賞家，並能從歌詞的創作中吸收創作養分，更能互為聆聽彼此靈魂，將歌詞成功內化為詮釋自我生命詩魂的觸媒。一如王宗仁在本書〈翻譯的女人〉（作詞：李格弟）所言：「一座電影院不需要翻譯，一座中世紀教堂的巴洛克需要翻譯。一個吻或擁抱，不太需要翻譯，而一滴眼淚，或一堆柴薪燃燒後的餘燼，需要仔細翻譯，來找出更多比喻。」我們閱讀本書，在充滿樂音的想像之中，不僅讀到一首首優秀的現代流行詞曲的創作，更能閱讀到詩人王宗仁既奔放又節制的散文詩創作，閱讀者可視為一篇篇獨立的創作，因為這些流行音樂的詞曲本已有五線譜上跳躍的音符為其最佳詮釋，但亦可視為詩人王宗仁為這些詞曲所創作的嶄新翻譯與比喻。

　　到底一首完足的詞曲創作是否真需要一位現代詩人的仔細翻譯或詮釋比喻呢？那就看每位閱讀者的閱讀興趣與需求，一如《詩經》或是古樂府詩〈上邪〉，即使我們喜愛這些作品已數千年，亦無涉於我們喜愛夏宇或曾淑美的現代詩創作。

早生華髮，煎熬詩心
——《文學生產、傳播與社會：解嚴後詩刊選題策略析論》序

1953年「現代詩」在詩人紀弦的狂熱鼓動下正式創刊，1956年元月「現代派」的成立，造成詩壇空前的高潮，儘管之後詩人或研究者對紀弦於現代派六大信條的諸多論點頗多微詞，但揆諸當時詩壇現象，紀弦以發行《現代詩》揭櫫其文學思維，並特別強調西方文學思潮的效習與影響，至少使現代主義在臺灣詩壇風靡近數十年。

1960、1970年代隨之而起的新興詩社如藍星、創世紀、笠等詩社，至今對臺灣詩壇仍有深遠的影響力，甚至可以說，這些詩社的歷史無疑正代表了臺灣詩壇的發展動態。然而為何1980、1990年代興起的詩社詩刊如浪潮洶湧般明顯增多，現代詩壇已由初期拓荒階段逐漸開花結果，如今審視之，繼續耕耘詩壇的詩社詩刊卻屈指可數呢？即使在解嚴之後，現代詩壇因為傳播媒體的自由化與多元化而更加百花齊放，但到了二十世紀末至今，反而呈現出詩刊詩社的急遽蕭條與表現意識的模糊與曖昧。

詩人陳謙與出版工作者陳文成在這本書中藉著對解嚴後詩刊的「選題」策略加以剖析，

他指出：選題策略中，詩社從意識型態到詩美學之呈現，以及環境變遷與詩刊角色扮演的之關連性，背後皆有典律建構的實質考慮。可見得不論是寫作者或是出版傳播者，在選題時不免為了擁護一己的意識型態，進而想要影響他人，都會做出權宜的選擇策略，這些見解，似乎幫我們解決了若干的疑惑。

本書原為陳謙就讀南華大學出版所碩士所撰寫論文《解嚴後詩刊選題策略之研究》改定之作，並將書名改訂為《文學生產、傳播與社會：解嚴後詩刊選題策略析論》。顧名以思義之，陳謙將研究角度集中在文學生產者、傳播者與社會所屬的所在環境。這也提醒我們，對臺灣現代詩社詩刊的窺看與解讀，當不能只從數量或影響力視之。

　　從文學社會學的角度檢視詩社性質，可知詩社不僅是一群愛好文學者的結合，更是「社會力」的凝聚。詩人憑藉個人不能完成的事，可以透過「結社」來完成，所以「詩社」必然或多或少都會受到時代環境的影響。至於詩社運作過程對社會的變遷如何調適與變通，這就需留待每位參與詩社的詩人敏銳的思索了。基本上，隨著傳播媒體的快速輕便，屬於心靈層面的文學作品也必然會傾向快速輕巧的發展形式，而詩的特性不也正符合如此型態嗎？詩人大可不必為詩刊預先設定廣為流傳的媚俗路線，如何消化傳播媒體的「毒藥」，又能保存詩的的「精純」特質，才是鍾情於詩社詩刊者所應深自思索的問題。

　　陳謙攻讀文學博士三歲有餘，寫詩歲月已近三十年，難得的是，其能　本對創作現代詩的初衷，一邊行吟詩海養詩文，一邊隱身江湖觀社會，品味人生旅程的苦辣酸甜之餘，還能重回校園，歷經埋首書海，皓首窮經，以至四十初度已早生華髮。而今能將其隱身江湖的出版心得與豢養詩心的不悔堅持，加以學術思維的整合，相信這不但是陳謙人生進程的一大步，更會是臺灣現代詩壇的重要指標，是為序。

不只是「鷹架」
——《寫作36力》序

　　是在德俊和韋瑋主辦的「交換故事會：國文鮮師陪你玩青春」當天，終於真正認識淇華老師。當天所有與會的人士親身實踐教育理念的方式各有不同，具有作家身分的，同時都是老師，而身為老師身分的，也都喜歡以一支筆留下生命可貴的紀錄，而淇華老師的故事處處充滿著熱情和勇氣。關於公平和正義，還有無可救藥的理想主義，好管閒事的他用一次又一次的行動告訴學生，每個人都有可能改變世界，不論是一支筆或是一個理念，只要揮動它，就會讓你飛高高。

　　明明是英文老師，根本不是國文老師，卻持續指導學生創作，獲獎無數；明明是圖書館主任，根本不是文化部部長，卻帶領學生以行動關懷人群，從事社區營造，拯救一中街；明明是手拿一本書站上講台即可完成教師任務，根本不是市長，但一看到學生因閃避併排停車而遭輾斃時，再也吃不下飯，隔天就穿上交通背心，印了一千份勸導單，帶二十五位學生，在三個路口，併排車輛的擋風玻璃上夾放勸導單：「併排停車／危害騎士及行人／可恥！」

　　如此的生命熱情，絕不只於浪漫的情懷！而那足以延燒整座校園甚至對岸的創作熱能，絕對不僅止於手中的一支筆！

　　那曾經會面的場所是一處生存不易的二手書店，如今因經營不易而已人去樓空。再多的熱情與理想如何持續，甚至影響更多認識或不認識的人，是身為第一線教育工作者最應深思與力行的

在巨人的國度旅行——當代語文研究、教學與實踐

080

重點！而這些，不管是大考中心研議考不考作文，或是十二年國教洋洋灑灑寫了一長串如何強化「核心素養」的美麗課綱，身為語文老師，站在教育的第一線，我們永遠要比社會輿論或是教育官員清楚：培養語文能力與寫作能力，不是看到有沒有七十五級分的頂尖成績，而是在創作能力中培養學生成長的養分！

　　這本《寫作36力》就是一本不只是培養語文能力與寫作能力的好書，三十六篇是淇華老師為學生們的成長養分而一一用心澆灌的文章。當時在國語日報開始刊載時，就已成了我必讀的文章。不但自己獲益匪淺，介紹給學生閱讀時，透過淇華老師旁徵博引的說故事方式，學生能輕鬆理解：原來寫好一篇感人文章，其實和作一個連自己都感動的人其實是一樣的事！

　　一如淇華老師在本書中所言：「對不起，這樣太學術的論述，大概讓很多人讀到這裡，也哈欠連連了。所以身為一個中學教師，我一直不敢用學院的語言來『嚇學生』，我必須不斷的簡化，類比，找尋工具搭鷹架。就像提出近側發展區理論的Vygotsky，他說教學者是在搭鷹架，減少學生外延的自由度，在學生先蓋出高度後，就可以撤離鷹架。但是這鷹架可能是醜陋的，臨時性的，很不學術性的。」（〈閒散力〉），非常感謝淇華老師為語文教育搭起了非常堅實有極具可讀意義的「鷹架」，不僅適合學生各自延展，亦適合語文教育者各自研展，一一發揮所長。

跨世紀文學觀察報告
──陳謙及其《詩的真實：臺灣現代詩與文學散論》評介

　　當今文壇跨足學界的文學創作者多以「學院作家」稱之，其實自近代白話文運動之後，胡適、聞一多、朱自清、梁實秋等人不但以文學創作實踐其文學理想，更以嚴謹的學術研究理性檢視包含自己的文學創作者之作品。這些文學家之所以能涉足創作現場從事創作，亦能行有餘力引領白話文學新思潮，創造中西文學之新視野，其兼具學者與創作者之雙重身分，擁有學院之深厚學養與創作領域之實戰經驗，為近現代文學界增添諸多難得且珍貴之文學資產。

　　揆諸今日，文學創作者兼具學者身分的影響力與日俱增，已儼然成為文學研究領域之中流砥柱，當代之余光中、楊牧、陳芳明、郝譽翔、李癸雲等人，這些具有創作實力與經驗的文學創作者，從文學啟蒙的年少時期為文寄情，以一己青春浸身文學現場，親炙並觀察當今文學現象，其創作過程中不停深化思考的層面與自省的呼喚，隨手中的五彩筆，一一反芻為分析文學場域的客觀理性，復歷經學術殿堂之研究薰陶，遂使當今臺灣文學界之創作成果豐碩與研究內涵精深並重。

　　欣聞最近學界又誕生一位「學院作家」，陳謙本名陳文成，實以陳謙之名遂行文壇與學界之新科文學博士。既然一人可以同時擁有兩個名字行走江湖，想必此人應有兩把刷子能研究文學界諸多現象。

　　果真在2010年五、六月間，陳謙接連由秀威資訊出版《文學

生產、傳播與社會－解嚴後詩刊選題策略析論》與《詩的真實：臺灣現代詩與文學散論》兩本論著，前者為其碩士論文之修改版，已獲多位學者為文推薦肯定，此處姑且不論；後者為其對臺灣新詩與現代文學的觀察意見。雖以詩為本，但也旁及小說、散文、文學現象等文學場域。這本書的寫作從一九九一年開始，跨越世紀直至2010年，前後二十年的時間，更可以一窺陳謙親臨文學現場與研究場域，從文學創作者、出版人與學者的不同角度，與文學創作者進行各種類型的互動交流，試圖呈現其觀察臺灣文學現象之心得。

這本陳謙稱之為「臺灣現代詩與文學散論」的著作，其中許多論及的文學創作者今日已脫離所謂的「文人圈」，也有些經陳謙以專文慎重推薦，似屬於文人圈的作者們也引起文學界的關注，也間接顯現昔日出版業百家爭鳴的盛景。法國波爾多學派的領導者艾斯噶比（Robert Escarpit）於1957年出版《文學社會學》（台北：遠流出版社，1990）中曾提及，文學生產事業是作家類群的活動成果，歷經日積月累，這個類群的人口消長也跟其他任何群體一樣起伏波動：或老化、或更新、或過剩、或不足。觀察一個世代的「文人圈」本是文學社會學中極為重要的課題，問題卻很複雜，誰能夠有能力和位置長期觀察「文人圈」的消長？而另一個問題又來了，作家是創作文學的重要關鍵，作家的定義是什麼呢？難道寫過一本書的人，就可算是作家嗎？陳謙兼具作者、出版人、文學研究者的多重身分，長期「混跡」文人圈的資歷勝任文學觀察者綽綽有餘，但是，若進一步透過艾斯噶比的論點，以批判角度來反觀陳謙書寫的內容與角度，透過看似客觀的觀察者角度加以認定所謂的「作家」，恐怕還需陳謙先在書序裡進一步加以界定「作家」的定義。

以艾斯噶比文學社會學之方法來觀察陳謙《詩的真實：臺灣現代詩與文學散論》一書，當可視為其研究文學人口、探討文學現象和跨世紀臺灣文學觀察之報告。雖然艾斯噶比研究對象較偏向文學的表層現象，並非對文學的本質做分析，但這正可以藉著他的論點觀察陳謙以結集的方式對臺灣文人圈與大眾圈類群的活動成果與消長，呈現出臺灣文學現場與社會切面之意義。

　　參考陳謙在自序解釋書名，其將「詩」以廣義視之，當可以泛指一切文學活動，包括戲劇，小說以及散文，當然詩更是一切文學的核心。《詩的真實：臺灣現代詩與文學散論》一書，內容雖大多關注於詩，且也及於當代小說、散文、文學現象等文學場域，與其說是文評集，他認為倒不如稱為對臺灣新詩與現代文學的觀察意見或報告更為貼切。綜觀此書，陳謙跨世紀之臺灣文學觀察報告倒是巧妙拼貼了數十年間臺灣文學的現象，而不同的時代也必然會有不同於其他時代的作品。讀者在閱讀此書的過程中，不但能模擬文學批評的分解過程，還能以陳謙評論之作家作品再回溯每個人創作的時代。當然，我們更可以窺見一個祕密，原來陳謙早在二十年前，趁自己還沒有老花眼之前就開始了文學批評的前置作業，更建構了身為學院作家的康莊大道。

撫岸輕輕，你多繭的手
——讀《給臺灣小孩》

認識陳謙，開始於佛光。彼時，他還得尊稱我一聲學姊呢！

讀書。寫作。旅行。冥思。隨時充滿著海洋的潮濕和泥土的厚實，這林美山的空氣、陽光、雀鳥和鼯鼠挺適合開展生靈的多種樣貌。具有嚇人頭銜與眾多才藝的陳謙來到佛光，呵，這人不但會寫詩，散文小說劇本編輯也頗見成績，咦，小腹微凸的這學弟，還真是適合植栽於如此營養的肥美之地呢。

其時，他送給我一本詩集《島》，那是出版於2000年的舊作，爾後又陸續拜讀他的更舊作《山雨欲來》、《灰藍記》、《台北盆地》、《台北的憂鬱》等書，不知怎麼的，直覺這個學弟有一枚黑白分明的大頭腦，心，卻是紅咚咚噗通通，其中躲藏著一個善感的赤子。雖然微笑時時掛在小小的眼尾，憂鬱卻像一層一層的烏雲，不時侵襲他理應開闊的人生。飛鳥思維飛不遠也飛得不太瀟灑，生活的重擔在字裡行間很是難為他。

前往佛光有一條長長的坡道，從礁溪火車站一路蜿蜒而上，剛好讓一個帶著城市心情的人瀟灑抖去心頭的煙塵，放下過去，重新認識自己，期待遇到嶄新的未來。許是這樣一處學習的天地，有山有海有遼闊的視野，讓陳謙重新出發，泉湧出第六本詩集《給臺灣小孩》吧。近日拜讀他的新作，關懷眾生鄉土的寫實情懷仍在，但昔日沉重陰霾的生命色調卻已淡去不少，請看：「想告訴你／陽光。海岸。鷗鳥。幸福／我住的城市沒有潮濕與幽暗／每一班快速的捷運／都直通天空的蔚藍／啊，再無感傷」

（這一班車，不到悲傷），「鷗鳥／漁帆／斜躺的美麗的觀音／此處是灣岸／在淡海的右岸／美好的日子／電影倒帶般／隨腳踏車慢活的節奏／慢／慢／慢／慢」（慢），陳謙不但勇於追求情感的明朗幸福，更能為他人揮去陰霾，在遼闊的大自然裡找到生命的蔚藍──「白雲之上，我情商松鼠將你的憂鬱放逐」（在合歡山）。這樣的心情，若不是經過生活的歷練，以及近十年的出版停格，如何能將灰藍的憂鬱，沉澱為蔚藍的明朗呢？

　　這本詩集讓我不由得記起有一傍晚，課畢，我車尾隨陳謙的車慢慢慢慢的沿著林美山，一路滑行回到燈火初起的蘭陽平原。十字路口，他向東我往北，只見他大大的手掌伸出車窗向我揮手，說時遲那時快，彷彿有一陣風也因之吹起，那記憶裡溫柔卻堅定的手勢，如今細思，其實，是來自多繭的手心吧！

語文教學研究

在巨人的房間旅行

旅遊手冊繪不盡知識的星空

彷彿是一趟永無止盡的旅行。

穿越古今，橫跨中西。只要是想去的地方，看來都應該帶領你們四處走走。問題來了，哪些是你們應該去的地方？哪些背景知識應該講解給你們聆聽，而站在哪些山水面前又應該閉起自己專業的嘴巴，好讓你們各自領受，再內化為自己的養分呢？

旅行，多麼美妙的經驗，我一直享受的是一個人或一兩同好自助旅行的「偽流浪」經驗，但是當角色換成了前方搖旗吶喊的領隊，自己除了驚嘆於上下四方與古往今來的精采風景時，還必須拿出自己的策劃與引導能力，當是不辜負這一趟旅行的重要關鍵。身為一名同時在大學與高中擔任國文領域教學的老師，就是一名帶領你們開始這一趟永無止盡旅行的專業領隊，你們是高中生，體力與經驗或許不如大學生，但是我一直相信仰望知識的星空仍是同一片星空，來自官方發行的旅遊手冊，或許可以分齡，但知識的星空絕不僅限於一本手冊的紀錄，更不能限制

觀賞星空的時間和角度。

　　這畢竟仍是一次在巨人房間裡的旅行，我依然是個旅行者，不停的發掘自己未曾觀賞到的風景，即使我的身邊還有你們，一群睜大好奇眼睛的團員。

是我們變大，還是巨人的門愈來愈小呢？

　　來到巨人的房間真是比一般人的居住空間大得多，窗也大，杯子也大，桌子也大，連巨人看的書也讓你們翻閱得特別吃力，置身其中，身為領隊的我，總得為你們準備適合身材的工具以便攀爬或跳躍，諸如登高的木梯，柔軟的彈簧墊，止渴的小杯子，以及足以休憩的清涼樹蔭。

　　至於窗子，就不必刻意改小，既然巨人已經將視野的廣度與深度打開，我們只需拉開灰塵滿佈的窗簾，爬上登高的木梯，自然就能隨著巨人的眼睛，看到巨人的風景。

　　房間之中還有房間，有門供人進出，穿梭自如，但容易迷路，門有鑰匙孔，附有鑰匙，可窺伺可防禦。有時只是一扇門，看似年代久遠的傳統設計足以引發某些人的好奇心，打開進去之後，怎麼還有一扇門，門上只寫著斗大的：這是巨人之父的房間。

　　你們之中有人會非常緊張的問我，「推開這扇門進去到底會不會還有一扇門呀？真的可

以看到什麼嗎？如果你帶我們進去而我什麼都沒看到，那對我這堂旅行又有什麼用處呢？」

這時有人就會謹慎的打開旅遊手冊，發現這是一扇未曾登錄其中的房門，有人開始懷疑，有人決定退出，有人覺得未曾登錄的風景未必不是風景，「走吧，想跟著我的就一起進去瞧瞧吧！」我推開了門，又再推開另一扇門，房間愈來愈小，卻愈來愈精緻，是我們變大，還是巨人的門愈來愈小呢？

當我們終於擠不進一扇巨人的門時，回了頭，看見的風景竟是自己一路洞開的門！

如何看盡巨人風景？

那天我們來到巨人的另一扇門前，門前寫著：歡迎進來瞧瞧，這裡什麼都沒有！我看看你們，你們之間開始有人鼓譟拒絕進入，有人開始慫恿隔壁的同學決定一起進去瞧瞧，我數一數人數，一半的人要進去，一半的人決定站在門外等，我拿起鑰匙，其實上面寫了幾個字，我卻選擇沒有告訴你們，就這樣推開了門進去。

打開了燈，才發現真的什麼都沒有。這時開始有人想要退出，我走到你們之間，問了你們：如果真的什麼都沒有，那巨人為什麼還要大費周章的鎖上大門呢？

於是引起了你們的好奇心，開始隨我走在一間沒有任何擺設的空間裡。

正值午後時分，窗外樹影為雪白的牆塗抹點點寫意的筆觸，滴滴答答，手腕的老表一一細數消逝的足印。時光在我們之間流動，有人開始坐在牆邊看著大家，有人來到窗邊抬頭觀察庭

院的印度黃檀，安靜的午後，充滿了各種天籟，這是一間沒有任何擺設的房間，卻充滿了未知，我們像是旅者，此時卻更像僧者。

還記得嗎？剛組團時，我們每個人都有一本官方發行的旅遊手冊，這本書，在每一站出發前都會拿出來仔細閱讀一遍，當然，它只是一篇又一篇的導覽文字，來自前人旅行的經驗，並不代表這一站就真的有特別值得寫進旅遊雜誌前一百大的亮點，也許你我看到的風景擁有更值得深度介紹的價值。

並不能只依賴著一本導覽手冊或一名專業領隊就想看盡巨人風景，在巨人的房間裡旅行，走著走著，有的人將一本導覽手冊貼了滿滿的資料，還記載了一路觀察所得；有的為了減輕負擔，凡走過處便將資料一一撕去，留下的只是滿滿的記憶和經驗。還記得剛出發時，你們問我背包裡需要帶些什麼？我給了你們一張地圖，一份旅行計劃表，以及一本官方旅遊手冊。我畫了一張巨人房間的鳥瞰圖，標示著東西南北，細節不多，只有出口處和入口處標示著特別清楚，那是登機與降落的地方，也許你們中間拖了隊或謎了路，但是只要打開地圖，找到正確的方向，竟能找到自己的出口。

至於旅行期間的行程規劃表（包含了登機與降落時間），有些規劃的行程打上了問號，你們問我，難道不用規劃嗎？其實，當你們走在旅行的路上，就會慢慢發現，有些美好的風景是無法事先規劃的，有時當你低頭，它已瞬間消逝，有時一個轉角，它就驟然讓你驚艷不已！這就是旅行的過癮，有些行程，只要堅持懷著好奇心走下去，它就會繁花似錦的呈現在我們面前。

什麼才是巨人的本尊全貌？

　　還記得嗎？一連好幾天巨人的房子外面都在下雨，溼漉漉的牆緣開始長了青苔，天花板還不時的蓬起如雲朵般的圖畫，我們一起坐著發呆，在偌大的窗前我看到了海，看到我們都成了一尾又一尾的魚。於是，我打開了私藏的旅遊筆記，帶著你們看看海，閱讀有關海洋的詩歌，你們開始朗讀，有了屬於自己的腮，雙手成了靈動的鰭，漂浮在藍色的洋流之間，一句一句的詩是你們呼吸的泡沫。這時，窗外依然有雨，傾盆大雨快要淹沒巨人的房間，此時卻不再教人煩悶，因為我們讀了詩，也寫了詩，在巨人的房間裡，我們開始優游，創造了屬於自己的風景。

　　待雨停了之後，我們又開始依賴雙腳行走，背包的笨重讓有些人的呼吸聲開始有了沉悶的吶喊，你們問我，有一天我們終將結束這一趟旅行，走了這麼遠的路，花了這麼多的日子，卻一直看不見巨人的本尊全貌，甚至連巨人確切的名字都不給你們，那怎麼確認真的看到了我們該看到的巨人房間呢？

　　我們終將回到原點，未來的我們可能什麼都不會記得，那又為什麼要開啟一扇又一扇的房門？當我們的記憶終將隨時光一片一片的剝落時，連巨人的房間門號都一一遺忘，老師，我們究竟讀到了什麼？

　　什麼是永恆？什麼又是下一個該去的房間？我問你們。你們開始說起自己的想法，我讓你們拿起了一張紙和一支筆開始規畫自己的地圖，這也是你們這趟旅行的最後一段行程。約定了登機時間，我們下次見面的地點也許就是巨人房間的出口。

　　這趟旅程，即使到了出口就必須與你們道別，這依然是一趟

永無止盡的旅行。

　　留待一些時間過後，等到生命的火焰隨季節風燃起，也許依靠你們留下的文字，便會嗅出過往的生活與氣味，會再度憶起些什麼，曾經我們是與巨人擦身而過的呢，這時，巨人會在灰燼中與你我相見。

聆聽文學重力波

2016年2月11日，台灣時間晚上十一點半重力波偵測有了
突破性進展！雷射干涉重力波天文台（Laser Interferometer
Gravitational-Wave Observatory，簡稱LIGO）正式宣佈從雙
黑洞互相環繞進而碰撞、融合成新黑洞的系統觀測到重力
波的存在。

就在愛因斯坦發表「廣義相對論」剛過一百週年的日子，
這當然是物理學界重要的里程碑，卻也成為我國文課堂的重要教
材。我無法解釋物理學，卻是對「重力波」傳來的宇宙初生的聲
音，與時間空間的永恆話題激生莫大的興趣。重力波不就是宇宙
的第一首詩嗎？什麼是創作？不就是呈現創作者對這世界的詮釋
嗎？文字記錄了先人的聲音，從遙遠的時空傳來，我們真的接收
到了嗎？

帶著重力波的新聞報導，帶領學生進入時間和空間的想像，
我們討論著「空間的邊緣」是什麼？當一隻螞蟻繞著氣球走一
圈，牠所意識的空間有沒有邊緣？從課本教學談文學創作，是可
以提供範本的導讀與習作，然而，還有思維的撞擊與哲學的思辯
呢？如果台下的學生也接收到宇宙混沌初生的聲息，他一定也和
我走進了文學創作的神秘通道。

同時身為一名高中教師、大學教授及創作者，日日航行不同
文字與族群的疆域，彷彿跨越不同時區的旅者。有時差嗎？其實

日日充實不已的行程表，除了隨時得注意旅行箱的更換是否正確外，已是來不及調整時差。

下了飛機，又要上飛機，上了飛機，又要成為隨時注意機上安全的機長（兼空姐），一個巨人國度過渡到下一個巨人國度的時差，不自覺地在書寫與教學間逐漸調節自如，甚至忘卻時間的差異。

一直以為，高中雖是升大學前的學習階段，卻更是生命與知識啟蒙的流金歲月，當知識出現在填鴨式的學習單裡，學生的房間將不會是容納巨人的世界，而是收納一張張破碎知識的收納盒而已。到了大學階段亦然，講臺上的教授其實是和台下學生一起面對知識的浩瀚，一起充滿著對未知的好奇與已知的懷疑，一起情不自禁的望向窗外，當初春的微雨輕輕飄下。

這時，手裡的教科書到底要翻開第幾頁呢？

還是，將教科書放在一邊，拿起粉筆，寫下「初春微雨」的詩句，然後把學生通通騙出教室，要他們搜集「春天的證據」呢？

數不清的課堂裡，和學生們談的話題，在標示標準答案的考卷裡找不著容身之地，也不知在四季遞嬗的時序間，究竟他們印證了什麼？又遺忘了什麼？倒是自己藉著書寫印證了創作的靈光，也記憶了教學的軌跡。猶記得某日帶著師大附中學生校外教學，走過鄰近學校的「瑞安街」卻迷路其間！其曲折繁複的街道規劃令人狐疑，不禁自問為何街道設計竟如此詭異？問班上同學無一人知曉，大夥兒遂興起一探究竟的好奇心。這也成了未來規劃「城市學」的第一步：後大安書寫。

然而這些與十二年國教的發展全然無關，在我的腦海裡，教育與創作一直是相互依賴的情人。因為愛「創意」，他們倆永遠

有聊不完的話題。

　　當十二年國教於民國103年正式實施起，107課程綱要設計的邏輯已然逐漸成形。在有所掌握之後，我們就會清楚地瞭解，「校定必修課程」與「校定選修課程」就是每個學校以「建構校本課程」為未來發展特色的重大契機！我常常思考到底何謂真正的「特色課程」？雖然到了「107年課綱」正式啟航的那一刻，各學校在倒數計時前所精心擘畫的「特色課程」，就是「建構校本課程」的基石，然而若不從「學校本位課程發展」及「學校特色的意義與內涵」來探究「特色課程」，那麼，「特色課程」和「選修課程」的意義如何區分？Eggleston說：「課程永遠是學校發展的關鍵。」，要如何設計課程已形成學校獨特性與未來發展性的重要關鍵！

　　「在地化書寫」實為「學校本位課程發展」（school-based curriculum development，簡稱SBCD）的關鍵基石。如果學生能從了解學校的在地性開始，進一步整合學校社區的資源，就地取材，加以善用，並進一步關心校園所在的社區，反思（reflection）「在地性」問題，由自身學校的人文思維出發，書寫觀察，記錄實踐過程，提出「反思」後的因應策略，甚至進入社區，實踐公民責任，讓學校學子成為社區發展重要的後盾。當我帶著學生從一條曲曲折折的「瑞安街」開始走入「大安地圖」，我發現那書本裡看不見的「大安」：過去的大安、現在的大安與未來的大安已隱然成形。

　　更重要的是，學生透過一支筆，可以撐起自己的小宇宙。

　　身為一名熱愛寫作的國文科教師，「書寫」自然成為本課程的「主軸」。

　　即使「跨領域」教學成為必要的途徑。

然而，參與「後大安書寫」的每位同學看待「大安區」的視角是不同的，在教育書寫工程的開端，眼睛看向四周的同時，不忘回看自己選擇的視角。先藉著校園書寫、校園八景的全校票選活動，讓學生學習走出課本，投入人群，然後再藉著校外採訪，為自己奠定「客觀書寫」與「採訪觀點」的基礎。爾後，由「地景寫作」的三大方向：自然書寫、城鄉書寫和旅遊書寫，練習面對自己身為「書寫者」的不同視角。然而，這些都是源於「瑞安街」的過去、現在與未來的「反思」。

　　這就是「書寫」的真正精神，以一支筆開始改變全世界！以「後」（post-）為書寫的最終目的，也就是「反思」身為城市的一員，經自我長時間的課程發展，是否能衷心發掘城市甚至人類未來可能的「環境變遷」？站在明知即將消失的「風景」前，超越無法挽回的遺憾與無力，能否以「個人書寫力量」為美好而真實的片刻盡點什麼力量呢？

　　即便是2016-2017年「雙城齊謀：臺北v.s.台南聲景地圖」課程，將台北的學生帶到台南，也邀請台南一中的學生蒞臨臺北，以「聆聽」代替「視覺」，以搜集城市的聲音開始認識自己居住的環境，以書寫抵抗遺忘，聆聽屬於自己內心的聲音，那也是每個小宇宙初生的聲息，理論上應該不會消失，為什麼我們卻愈來愈聽不到呢？

　　面對書寫時，我可以只面對真實的自己與隱形的讀者，但是面對求知若渴的學子們，我該怎麼引領他們走進「書寫」，甚至是面對自己與世界呢？我依然單純的相信，只要做好文學導覽小冊子，將他們帶出教室，以一支筆開始認識這個世界，他們終會繪製出屬於自己的星圖，聆聽生命宇宙遙遠初生期的「重力波」。

三部推薦給學生的讀物

1、單聲道：城市的聲音與記憶（李志銘。臺北：聯經，2013）

帶著學生們走了一學期的「大安區」，從宗教、市場、阡陌、創藝、文學、自然六個面向聆聽「師大附中」所在的大安區，搜集他們認為特別的聲音。寒假便請他們閱讀這本書。這本書以對自我成長記憶裡的聲標及對歷史聲音的爬梳，寫出許多早已消失的台灣音景。閱讀這本書的經驗非常特別，很安靜的心靈，卻充滿生命的聲音。

2、辛波斯卡詩集（陳黎、張芬齡譯。臺北：寶瓶，2012）

辛波斯卡的詩很迷人，她的意象多來自日常生活，並以日常生活經驗為元素，像一位敏於觀察的偵探家，提供我們嶄新的語言魅力與思維邏輯。在這本詩集裡，收錄辛波絲卡六十首詩，透過既慧黠又荒謬的敘述手法，將詩的意象錘鍊出生命的真實鏡像，讀來份外過癮。

3、沉默（遠藤周作著，林水福譯。臺北：寶瓶，2002）

一九九六年九月二十九日，一生為天主服務的遠藤周作離開人世，家人遵奉遺言把《沉默》和《深河》放入棺中陪伴遠藤；這代表了遠藤對其文學創作的評價與總結。《沉默》發表於一九六九年，是探討遠藤文學的最重要作品之一，其中探討基督宗教在東方社會紮根時面臨的問題、東西方文化的差異等。之所以取名為「沉默」，理由有二：（一）反抗歷史的沉默；（二）探索神的沉默。

我在採訪人生

永遠的詩人
——李瑞騰教授側寫

對我來說，這真是一件既艱鉅，卻又值得珍惜的任務，因為，我何其榮幸，能奉恩師的旨意以一枝拙筆介紹他。雖然一千五百字的篇幅實在太過局限了。

我的恩師，李瑞騰老師。

攤開稿紙的此時，一幕幕鮮明的影像即刻躍然其間，像一格一張的幻燈片，依序換格前進著。我是個不甚用功的笨學生，老師上課的學問，說的好聽一點，早已「深入我的骨髓，浸潤我的靈魂」，所以，記憶鮮明的影像，老實說，並沒有老師在課堂上正襟危坐的授傳情節，反而是行走在我人生中一路指引我、陪伴我的那個瑞騰老師。

我的身分也是個老師，也因此更能明瞭瑞騰老師所給予我這個學生的難能可貴。

記憶裡，老師並不威嚴，也從不疾言厲色的訓誡學生，但是，我卻非常怕他呢！在研究所念書的第二年，《中央日報》副刊組正好缺個編輯，當時的主編，也就是已故名詩人梅新先生，希望我能準備好個人相關資料以備審核。我便將個人作品剪貼成冊，待裝訂完畢後，便請瑞騰老師過目。老師看了很久，看畢，一句話也沒說，便拿起剪刀一篇一篇的幫我重新剪裁過，再一篇一篇示範剪貼。我想，也就是在那個時候在一旁的「涼快」，使我感受到老師的「不言之教」具有多大的震撼力。

當時，就是這樣一本充滿愛心的「剪貼簿」，才能使我順利

進入《中央日報》副刊工作吧！我對文字媒體的熱愛，也因而得以順利實現。一直影響我至今的，不止是這份對文字的熱愛，更是瑞騰老師一顆既溫柔又嚴謹的心。

研究所畢業之後，我的學術生涯也隨著結婚、生子而鎖進高高的書櫃裡，也因此更吝於向老師請安問候。本以為在滾滾煙塵席捲下，和老師的緣分會因此而愈走愈遠、愈遠便會愈淡，沒想到「緣分」這抽象的指涉，其實包藏著多少層環環相依的鎖鏈。

身為李門弟子，其實每年最高興作的一件事，就是邀請老師來陪我們這些學生吃飯，「順便」幫他過生日。從第一次師母與我們同謀，騙老師出來過「情人節」的小型聚會，到一個大圓桌，兩大圓桌的壯觀場面，老師的生日，我們這些作學生的，顯而易見的是比「男主角」興奮的多。還記得一次的聚會中，老師帶了大公子時雍來，特別安排坐在我的身旁，因為他即將成為我所執教高中的新鮮人。一年後，他升上了高二，我居然「有幸」成為他的導師，你說，這樣錯綜複雜的關係，到底在滾滾煙塵裡烘焙出了什麼可口的味呢？

於是，瑞騰老師又一變成了一位「家長」。

每學期的家長會，幾乎都可看到老師準時著西裝出席。於是，我又何其有幸，認識到老師屬於父親、屬於丈夫的角色。

時雍說：「每天的早餐，幾乎都是爸爸趕早準備的。」

師母說：「對家庭的照顧，老師採細膩尊重個體的方式。」

雖然他的學術研究、教學工作幾乎占去他所有的時間，但，每一個他的家人、朋友、學生、後進，都能擁有到他的關心、他的愛護，甚至影響力隨著時光的流逝，仍繼續在各自的人生中壯大漫延，這到底有什麼「魔力」？

老師雖然常笑說自己已過了年輕時寫詩的情懷，也常認為

從事學術研究或帶領系務等行政工作的生命情調其實頗適合現在的自己，但是，我卻常看到老師那不時自靈魂內偷窺出來的「詩心」。因為這顆詩心，使得老師能夠充分體恤學生的不安靈魂，給予他們十足的自由，再適時從旁輔導，溫柔而不牽絆；因為這顆詩心，使得老師能夠在學生陷入迷失的生命航道找不到方向時，首先為他發現新的航道，給予光明的指引。在老師為我的散文集《漸漸消失的航道》所寫的序中，老師便以蘇曼殊的詩人身分來指點我，我懂，若不是同樣擁有一顆「詩心」的詩人，如何能以「詩」來解開他人生命的迷障呢？

這樣的老師，以這樣的方式徐徐散發他生命的智慧和熱力，你說，不管是作為他的學生，或是忝為他孩子的導師，是不是也真的擁有一份難得的「福分」呢？

最後，再讓你羨慕一下，當瑞騰老師辛勞的為孩子送東西來校的同時，身為導師的我，可是很有福氣的能邀請老師喝個咖啡，再聽老師的諄諄教誨呢！

生命處處皆韻腳
——詩人余光中訪問記

　　果真是「奇異之光中」，能吐出滿天的彩霞，令人目眩神迷，也能登上仙人的羽翼，予人物外的清明。即便是跟著詩人一輩子的身體，也能包藏住整個宇宙……

　　詩人即將乘著雲天的彩翼，翩然來到旱燥欲裂的臺北盆地。

　　我在等待的空氣中耽溺，內心吟詠著一句句是詩人的韻腳。沒有燠熱，只有冰清玉骨的詩意。

　　彩翼緩緩降落，詩人於旅人的步履匆匆間，仍是一脈踽踽獨行的寂寞與瀟灑。

「臺北盆地是我的回聲谷」

　　還留在昨日電話裡的詩人是這麼說著，「能不在臺北過夜，便盡量不在臺北過夜。」臺北，高雄，高雄，臺北，看著走出人群的白髮詩人，頷首微笑的，是記憶裡走出廈門街一一三巷的詩人，溫煦問候的，是為南臺灣帶來春天的詩人。

　　詩人曾經這麼斷然說道：「拒絕臺北，是幸福的開端！」，自從離開香港中文大學十一年的教職之後，詩人便選擇落腳於南臺灣的高雄，這個他原本完全陌生的城市。不是選擇異國的美麗城市，更不是落腳於他有情有義的臺北，以這樣的機緣定居，令不少關心他的朋友們感到疑惑不已，詩人則在筆下寫出他內心的曲折心事：

高雄原不識年輕的我，我也不認識從前的高雄。所以沒有
失落什麼，一切可以從頭來起。臺北不同，背景太深了，
自然有滄桑。臺北盆地是我的回聲谷，無窮的回聲繞著
我，崇著我，轉成一個記憶的漩渦。

　　坐在計程車裡的詩人，不知是因熟悉而昇華為對臺北的眷
戀，還是因陌生而自然興起的好奇，詩人的眼總不時的望向車窗
外迅速變換的街景。「臺北，因為距離，因為陌生，倒也成了我
的另一個鄉愁了。」詩人笑了笑說著。這鄉愁，或許就是詩人選
擇高雄定居，也讓生命中臺北的意義可以擁有更多玩味角度的原
因之一吧！

　　臨下車前，詩人說，「就讓臺北，讓廈門街永遠活在文字裡
吧！」我說，廈門街是不回去，也真回不去了嗎？在下一個綠燈
亮起前，詩人那百轉千迴的牽引卻是清清朗朗的晴空萬里：「最
近曾有機會回去過，只站在老家的門口，房子已售與他人了，便
不再進去。所謂鄉愁，如果是地理上的，只要一張機票或車票，
帶你到熟悉的門口，就可以解決了。如果是時間上的呢，那所有
的路都是單行，所有的門都閉上了，沒有一扇能詁回去。」

　　車窗外流瀉而過的熱鬧街景，在詩人清明飄逸的容顏間，
迅速化為一縷縷的煙塵。這裡不是一個隨戰亂投靠而來的青青子
衿變成年輕詩人，然後轉成新郎、代課的講師、留學生、四個女
孩的父親、旅美講學歸國的副教授、教授、成書二十三本的地方
嗎？「經過了香港的十年，我成了一個時間的浪子，背著記憶沉
重的行囊，回到臺北的門口，卻發現金鑰匙丟了，我早已把自己
反鎖在門外。」

　　原來，臺北早在我們陷入回憶的氛圍的同時，早已偷偷的落

了雨，詩人從南方而來，沒有帶著傘。

　　臺北的今日有雨，坐在書店的一角，身旁落著地的窗玻璃上儘寫滿了詩。詩人說起了王爾德的一句名言：「他想了解我一生的這齣大戲嗎？那就是，我過日子是憑天才，而寫文章是憑本事。」詩人一生不與人爭吵，更遑論是怒目以對，除非文字上的筆戰，偶見直言慷慨的論述，詩人向來以幽默處世，以和照待人，文中儘是真善美的境界。真實的人生中，詩人也是一貫的以追求真善美為標的嗎？那麼，對於詩人所喜愛的英國文豪王爾德所說的這一段大言，不知是否贊同呢？詩人笑了笑說：「以上的這句話是王爾德對紀德大言的自剖。我並不這樣想的。我是覺得一個人真有天才的話，就得省著點用，應該都拿來寫文章；至於本事嘛，就將就湊合著點。我常告訴朋友，與其鞏固國防，不如增加生產。一個人能成為藝術家、文學家，可以憑努力學習而成；但是，一個人的一生是否能成為藝術品，便很難說了。姑且不論王爾德的私生活和品德問題，一個人不應該花太多時間精神在過日子。」

寧願花一生的歲月來主宰文字

　　詩人啜了一口紅茶，繼續講自己的思緒沉潛：「一個人控制自己的生命比較難，因為，我們生而為人，在社會上有很多因素是不由你作主的，但是，主宰你自己的方式，卻可以由自己做主。我寧願花一生的歲月來主宰文字，至於，日子過得非常美麗，那是理想，大半不由人控制的，因為，我們有家庭，有親人，有朋友的牽繫，但是，文字可以由你做主，生活本身卻不容易。所以，我的想法恰恰和王爾德說的相反，我認為一個人有

才，就把天才留下來創作，至於，過日子，憑一點本領就夠了。所以，我過日子一向很低調。常有人向我說，你是詩人，生活卻很不浪漫。我是詩人，詩人的本領，是寫詩，過日子浪漫，可不需要，過日子省一點力氣就可以了。」

　　詩人從二十一歲開始投稿第一首詩〈沙浮投海〉，至今，已是著作等身。舉凡新詩、散文、翻譯、評論各種文體，詩人已完成五十餘本，平均一年出版一本的驚人速度，原來是詩人自身對生命有所取捨後的纍纍果實。對於文學創作的薪傳，詩人不直有著「鏡破不改光，蘭死不改香」的堅貞。雖然，在《安石榴》詩集前，詩人以其一貫典雅清朗的筆觸，寫下「我寫作是迫不得已，就像打噴嚏，卻憑空噴出了彩霞；又像是咳嗽，不得不咳，索性咳成了音樂。我寫作，是為了鍊石補天。」這段近似詩人的創作觀，看上去和其厚重深遠的著作相比，似乎有點太雲淡風清了，但是，經過詩人剛才那一番對天才本領、增產報國的智語點化，再咀嚼詩人最實實內在的文學作品，便能拼貼出詩人內心真正執著與不悔的生命風景。

　　詩人接著說起生命中的三種「境界」，「少年時，你不知道你是誰，所以失落；中年時，你知道你不是誰，所以失落；老年時，你知道你是誰了，所以放心。現在的我，還是在第二階段吧！前幾天還和我的太太聊起來，『回想我這一生中有幾項決定是對的，第一是決定娶妳，第二是當年決定去香港；因為，當時香港是大陸的後門，去了，可以看得更清楚。香港又是銜接世界的大門，可以更接近世界的資訊，也可近觀大陸，西進歐洲。至於第三，就是離開香港十一年的教職，決定到高雄定居。』」對於一生中做對的事，詩人能夠看得如此清楚，那詩人一生中有沒有自覺到那些是做錯的事呢？

詩人非常爽朗的回答了我的好奇,「我這一生大錯倒是很少,小錯卻是不斷,比如說,我很懶惰,該寫作的時候,我還坐在電視機前面看那些三流的連續劇。我和我太太說,如果我不坐在電視機前面,能起身寫作,只怕還可以多出二十本書呢!」

　　雖然,詩人是如此懺悔於自己的懶惰,但也因此可以更加證明詩人生活中所念茲在茲的,畢竟還是寫作呀,不然,怎麼連看個自己愛的連續劇還如此忐忑不安呢?

所有的感情都放在文章裡

　　在《茱萸的孩子》一書中,詩人的三女兒佩珊說起父親是這麼說的:「每次我打電話回家,如果是爸爸接的,他總是問『妳們那裡天氣怎樣?』,要不就是『妳們校長如何如何?』,奇怪了,他為什麼不問問我的一些私事呢?」長女珊珊則是這麼說起父親的,「他沒辦法跟人靠得太近,他所有的感情都放在文章裡神遊想像的天地,很少跟我們閒話家常。家人在一起,他也總喜歡談文論藝。」那麼詩人爸爸是怎麼寫的呢?在〈日不落家〉一文中,他有這麼一段感性的告白:

　　　而現在,一窩小白鼠全散在四方,這樣的盛宴,久已不再,剩下二老,在清冷的晚餐後,向國外的氣象報告去揣摩四地的冷暖。中國人把見面打招呼叫做寒喧,我們每晚在電視機上真的向四個女兒「寒喧」,非但不是客套,而且寓有真情,因為,中國人不慣和家人緊抱熱吻,恩情流露,每在淡淡的問暖噓寒,叮嚀添衣。

可見詩人念茲在茲的，真的多是文字，而尋常生活中的豐富感情，曲折人事，應對進退，詩人也多將之化為文字，默默藏在字裡行間。

但是，詩人對於自己身為父親，丈夫，外祖父的不同角色，卻是了然於心的。詩人說，「這幾年到大陸的機會多，只要可以，我都會帶著女兒，女婿，外孫，外孫女一起，帶他們去認識認識這一塊土地。我的這兩個外孫看到他的外公，怎麼不是和他們玩在一起的那個外公呢？怎麼有很多人在台下聽外公講話呢？我想讓他們去認識另一個真實的外公，認識外公出生的土地。」

窗外仍然有雨，雖然無助於旱象的即時解除，卻給了這個城市安詳寧靜和希望，詩人待人不也如天地之間的這一場自然清朗的雨嗎？

是水，也是火的個性，成就了詩人多元化的文學風格，在四十歲前後的中年，將老未老，詩人常為「我究竟是誰」而慨悵且驚，常與自我反覆爭辯。一九六七年有一首〈火浴〉是這麼寫的：

> 向不同的空間，至熱或者至冷
> 一種不滅的嚮往，向不同的元素
> 不知該上昇，或是該下降
> 該上昇如鳳凰，在火難中上昇
> 或是浮於流動的透明，一氅天鵝

六十歲以後，他的詩則有一種奇異的安詳寧靜。有火，卻已深藏在一頭白髮坐對茫茫的海峽。有一首〈後半夜〉是這麼寫的：

而今六十都過了，他不再

為憂懼而煩惱，他的額頭

和星宿早已停止了爭吵

夜晚變得安靜而溫柔

如一座邊城在休戰之後

當少年的同伴都吹散在天涯

有誰呢，除了桌燈，還照顧著他

　　詩人從赴水為禽，撲火為鳥，是火鳥，還是水禽，選擇哪一種過程的掙扎與爭辯，到後半夜獨醒著對著後半生，這一路走來，對與錯，水與火，只怕早已合成每一個獨自守夜的孤獨與永恆了。

　　面對這樣的我這般的解讀，詩人卻仍不改其幽默風趣的個性，笑笑說：「中醫為身體把脈，卻診斷我有個水火不容的體質。也就是說，我的手腳時常冰冷，但是我的五臟六腑卻是火氣很旺，需要調理調理。」

　　果真是「奇異之光中」，能吐出滿天的彩霞，令人目眩神迷，也能登上仙人的羽翼，予人物外的清明。即便是跟著詩人一輩子的身體，也能包藏住整個宇宙。

　　說起宇宙，詩人年少時神游天下的想法，便是憑著一張地圖。眾人可能不知，詩人有收藏地圖的興趣。詩人家中有一個地圖庫，裡面收藏著三百多種不同類型的地圖。詩人說，「這些地圖價錢並不昂貴，有些是朋友送的，有些是在加油站買的，有些則是飛機上的航空雜誌所附的地圖。重點是，我所收集的地圖，有不少是印證了自己飛過的天空，驅過的車程，歇過的市鎮，迷過的路途，也算是不落言詮的日記了。」

將現實提升到一種抽象之美

那麼，這一路收集下來，也是興之所致嗎？詩人點一點頭，似又陷入一段遙遠的回憶了：「我一生中最難忘的中學時期，幾乎全在四川度過，因為抗戰交通不便，於是我瞭望外面世界的兩扇窗口只剩下英文課和外國地理了。英文讀累了，便對著亞光與地社出版的世界地圖，放縱少年悠長的神往。漸漸我便迷上了地圖，而畫地圖的功課，簡直成了賞心樂事。不久，我便成了班上的地圖精（mapamaniaco）。後來到了美國，自己有機會開車，一張行車詳圖，何愁縮地之術，千里的長途盡在掌握之中了。」

照這樣看來，詩人收集地圖，似乎也隱含著某種生命的象徵吧？詩人笑笑說：「我喜歡眉清目秀，以抽象清晰的符號去展現現實，將現實提升到一種抽象之美。這種既具體又抽象，把空間的比例告訴人了，但空間感卻無法呈現，是很奇特的感受。因為自己寫詩，也算是個藝術家，有能力將一張抽象的地圖還原成具象的大自然，這是在抽象與具象間微妙來回的精神反彈與觀照，感覺很滿足。」

所以，詩人上常常在黑板上用一幅幅自繪的地圖，來表示一個文學家的一生經歷。如此獨特卻清晰的教學方式，深受學生的歡迎。我遂想起了梵谷，這位人最心儀的藝術家，不但為他的傳記做中文翻譯，還在梵谷逝世一百周年的那一年，專程前往梵谷的墓前獻上追思之意。詩人如果以一張地圖畫出梵谷的一生，不知道會是如何的精采呢？

詩人慨然接受了我的冒昧請求，當場從口袋裡取出一枝簽字筆，為我畫了起來。畫完還為我這個梵谷迷解釋了一番。我何其

有幸，在如此的下午，不但能聆聽詩人的智語，還能成為詩人的學生，接受詩人的教誨。

　　接下來，還有一場文學評審會正等著詩人的大駕光臨呢！臨走前，詩人為我畫了一張能代表他自己生命行跡的地圖。南京、重慶、廈門、香港、臺北、高雄，還有芝加哥、愛荷華，還有許許多多擁有詩人行跡卻無法法在這一張小小白紙上呈現出來的城市，甚至是天空！其實，在詩人的字裡行間，早已自動綴連成一幅又一幅璀璨的星圖了。

給青年詩人的話

　　詩人認為詩不論空靈與否，皆是從生活來。只要是一個好詩人，不論是什麼題材、經驗，都可以寫出好詩。「空山松子落，幽人應未眠。」這其中並不一定是什麼驚心動魄的內容，只要是一個人對生活很敏感，語言很敏感，所寫出來的詩就不會太差的。

　　詩人讀了許多年輕詩人的詩，覺得寫詩有三個明顯的「陷阱」：

> 第一：創意有餘。我們寫詩，不能只講創意，不要求鍛鍊。如果書讀得不多，會誤以為自己想的是創意。殊不知古人、外國人，其至是海峽對岸，都早已經寫過了。多看看別人的創作，多認識傳統，不論是自詩經以來的「大傳統」，或是從五四以來的「小傳統」，多看看總是好的。
>
> 第二：不要太迷信自由詩。如果一個遊戲，連規矩都沒有，這遊戲便很難玩。「從心所欲」下一句還有

「不踰矩」，太自由了，既不遵守古人的矩，又不遵守外國人的矩，甚至不遵守自己創出來的矩，那是空的。真正的自由詩是經過鍛鍊而出來的，未經鍛鍊，便想自由，那是混亂。寫詩的規矩、格律，多受一點鍛鍊，包括自我鍛鍊，是好的。

第三：寫詩篇幅短，更需要謀篇。不然，一首詩一洩千里，只像野馬。杜甫說：「功蓋三分國，名成八陣圖。江流石不轉，遺恨失吞吳。」詩雖短，每個字都很有力量，說得穩，才是高妙的藝術。

所以，光有創意沒有用，必須講得妙才行。

詩人強調所有的藝術包括文字，其技巧都是在整濟與變化之間取得平衡的。自由詩跳出了早期新詩格律化的陷阱，卻又跳進了目前新詩散文化的陷阱。至今都還未跳出，希望青年詩人能多多思考。至於青年詩人寫詩常犯的「毛病」有三：

第一：詩句愈來愈長是一毛病。一行詩十三、十四字，便已經夠長。有人一行寫了二十幾個字，甚至不限制的拉長下去。既然意念多，何不分兩行寫呢？

第二：迴行太多。迴行太多，句法就會反常，顧得詞意不決。變化詩的形式是好的，但一整首詩多是迴行，變化就太多了些。

第三：細節太多，卻沒有好好的安排。如此無秩序，無重心，結果，一首詩的主題反而模糊，細節不見得有助於主題。無先來，無後到，便是任性；讀者便無法明瞭創作者的真正意涵。

在歷史中鑑往知來
──余英時先生的「保守」與「激進」

　　余英時先生，安徽潛山人。一九三〇年出生，一九五〇年離開中國大陸前往香港。為新亞書院第一屆畢業生，美國哈佛大學歷史學博士。曾任教密西根大學、哈佛大學、耶魯大學，香港新亞書院院長並兼中文大學副校長。現任普林斯頓大學講座教授。一九七四年選為中央研究院院士。著有「歷史與思想」、「中國知識階層史論」、「史學與傳統」、「中國思想傳統的現代詮釋」等書。

　　今年七月間，中央研究院舉辦兩年一度的院士會議。在眾多媒體的爭相報導中，余英時院士仍是記者們廣邀的對象之一。閱讀余先生的著作，可知余先生具有知識份子的承擔。他的關懷不僅廣包古今，更深入時代的核心，為歷史把脈，為社會建言。而電視報章媒體一段段匆促的訪談，余先生睿智的話語總是驚鴻一瞥，令人有意猶未盡之感。面對政府開放兩岸交流後的諸多變數，中國的命運緊緊牽繫在每個中國人的心中，相信余先生必有一番引人深思反省。來到余先生下榻的飯店，余先生的房內仍有未散的訪客，雖然行程緊湊，余先生仍神采奕奕地訊問中央日報報社的近況，並稱讚中副編得好，編得活潑。為了不耽誤余先生寶貴的時間，很快地就開始了以下的訪談。

受錢賓四先生的思想影響最深

問：余先生您於一九五〇年離開中國大陸，到達香港，為新亞書

院第一屆畢業生。後赴美深造，為哈佛大學歷史學博士。曾任教密西根大學、哈佛大學、耶魯大學及擔任香港新亞書院兼中文大學副校長。於一九七四年選為中研院院士。在您豐實的求學歷程中，受那些老師影響最大？這些老師對您學問上有那些啟發？

答：這問題自己分析起來當然不一定正確，我想錢賓四先生應是最大的影響。現人的影響力來自四面八方，無法受單一的影響，其實也無如此龐大的籠罩力，能像梁啟超見到康有為如觸電般的震動。實在是因為從小就接觸書報雜誌，只能說受某一位先生的影響較多。在接觸錢先生之前，我也有自己的看法，接觸之後，是在不同之間反省己思，並非從頭開始接受錢先生的思想。並不是盲目崇拜，也不是強烈反抗，畢竟一位先生的觀點趨向成套、固定、現代人是不可能只接受一套思想的。

但現代人思考形態多半以反抗為主，反抗權威、傳統。我是介於兩者之間。我們接受老師的指導，即使老師講的與自己意見不同，我們也要抱時著同情的觀點，了解先生為什麼要那樣說，乃是不得不那樣說，實不能以現代的眼光或思潮去批評他。因為，那樣的批評是不公平的。在諸多影響力的比較中，我想錢先生給我的影響最大。因為錢先生有明確成套的看法，這些看法給我很多刺激，他逼得我不得不去想問題。

問：您在美國作研究的時間非常長，就您觀察所得，美國漢學界有什麼有利條件，能吸引世界各國的人才至此作研究？

答：要了解美國漢學界，首先，您必須先了解美國整個的學術情況。美國有一長期的學術傳統。譬如哈佛大學就有三百五十

多年的歷史。另外他們對研究者非常尊重，研究設備也極齊全。我們到西方研究漢學讀的既非中文資料，還必須考慮西方研究方法運用於中國文學是否得宜，在西方研究漢學和在中國研究是兩回事。基本上，美國研究的底子廣，學術環境很安定，各方面的研究問題都有專家可以請教。中國研究學問最怕孤陋寡聞。

美國文化根基在「大學」，而各著名大學多超過兩百年的歷史。你可以看出，沒有學術傳統，學術無法生根，社會上一有問題，學術就會跟著社會跑。社會一窩蜂，學術也一窩蜂。而美國就沒有這方面的問題，學術界就是學術界，社會鬧得天翻地覆也不管。學生參加運動，教授照樣上課，你自然就會回來。現在許多人已回到自己研究崗位。這就是一種安定的力量。

美國最重要的就是學術根基深厚，各領域人才都有，漢學不過是根植其中的一部份而已。否則中國人為什麼要到美國去研究漢學：並不是美國有什麼大師，也不是外國人比中國人聰明。臺灣的大學應該加深學術的根基。不然如躺在水中的浮板，任何波浪一動，你也跟著動，永遠不會有學術。並不是要學者不關心現實，而是關心也沒有實質的助益。一個哲學家、物理學家能打越戰嗎？當時美國學界有少數人投入戰場，但他已非學者身分。如語言學家詹姆斯基，他是反越戰英雄。而學術界尊敬因為他在語言學上的成就，並非反越戰的種種行為。他自己也了解，兩個角色並不混為一談，不在語言學中談越戰，也不能以語言學的觀念反越戰。

臺灣學術界尚在成長，一時還不能成為主流

問：那您對學生運動的看法如何呢？

答：當然可以，學生當然應該參與。但如果將所有時間心力都投
　　入學生運動，放著讀書正業不管，成天去關心各種社會問
　　題，那何必上大學呢？基本上我並不反對學生上街頭，學生
　　不關心，誰來關心，但總有本末的區，別你關心只能到某一
　　種成度，每天抽出一點時間關心時事，其它時間就專心研讀
　　知識。每個人先盡本分，才能進一步關心到大眾。否則末本
　　倒置，這社會便缺乏專業人才了。譬如說記者的工作是採
　　訪，但如果記者對社會的一舉一動都要關心，就沒有辦法作
　　好記者的角色。

問：拜讀您的著作，深感到您的終極關懷是中國文化。臺灣、大
　　陸、香港三處你都觀察過，請您比較三個地方有文化建設上
　　為彼此截長補短，或有待加強之處。

答：這三個地方當然有不同的文化問題。臺灣現在對外界資訊已
　　開放許多，多得有些泛濫。對外來的問題往往不知所從，在
　　心理上還未克服崇洋觀念。這些現象的產生，實際上是導源
　　於學術界並未生根，文化學術的模式還是屬於西方的。而學
　　習西方的文化也是某些流動、時髦的東西，一學到，便一知
　　半解的提倡起來。（這是不是和臺灣地土地狹小有關呢？）
　　我想這與土地人小無關。當然土地小、傳播方便，但如果真
　　的有自己學術的根基，便不會學到就輕易運用。臺灣的學術
　　的艮已紮下，只是還在進行成長，一時還不能成為主流，基
　　本上文化界的活躍遠超過學術界。

大陸方面也有臺灣學術界的現象，原因也在於大陸資訊缺乏，社會封閉，所以一旦開放之後，也有一窩蜂的習慣。這些都說明了文化殖民地的心態。日本的學界雖然也大量引進外國資訊，但介紹歸介紹，自己做學問還是照著老傳統，彷彿有顆定心丸。我在美國三十多年，看到美國起起伏伏的潮流不知多少，流行的時間不超過五年。如果我們只一味模仿他們，豈不像夸父與日競走。跟著他們，永遠到不了目的地，只是一件飄浮的物品。我們要知道，最新的並不一定最好，有的反而是傳統的好。

香港基本上是屬於商業區域。在高層的學術文化方面是個孤島。（也許我這樣說香港人會抗議）我並不是香港沒有「文化」，而是界定問題，「文化」是指學術研究的文化。香港地域很小，但外面世界的思潮根本起不了波動。我想和土地大小無關，基本上還是與社會有關。沿海地區怕有這種極端現象，一方面外來文化進來很多，一方面又十分保守。

臺灣對西方事務很亦步亦趨，並非壞事，不過照此推行下去，最終學術的源頭是在西方，就令人擔心了。

從道德立場著眼，臺商到大陸投資並非智舉

問：中共的經濟政策逐漸開放，頻向臺灣招手，而臺灣商人確實也去了很多。但中共集權政治體系還抓著不放。經濟發展到某一種程度，是否必會影響整個政治的措施。

答：這當然是，但也不是可以機械地做這樣一個結論。他可以經濟發展很厲害，政治還是繼續在控制中。我們別忘了，大陸有百分之八十的人還是農民，鄉下農民，書實讀得少，對外

界事情完全不知，以為天下永遠不變，（我並非瞧不起農民哦！）那樣一個世界觀，他是可以接受共產黨的。雖然也有反對的，但畢竟仍是少數。所以共產黨不喜歡學生，學生思想太靈活，會不聽話。而農民受禮教訓練，不會懷疑政權，不問問題。

但是我們可以了解，中國希望走向現代化，短期的愚民政策是可以的，長期下來，愚民政策是會反彈的。所以我以為商人去做生意是可以。既然目的是去投資賺錢，就不要打著「改變中國」的旗幟。中國共產黨未改變之前，可能你就先改變了。

我不反對商人前往大陸投資，但臺灣究竟應該是打躬作揖全面支持大陸，還是要道德譴責？為什麼臺灣子民不但一點不表示道德意識，還找這樣冠冕堂皇的理由，好像去大陸是為了要改變中國一樣。其實臺灣商人抱持著就是一種賭徒心理，賭徒便是隨時準備全軍覆沒。無論從道德立場或是從經濟立場著眼，皆非智舉。在這一連串投資大陸的熱潮下，臺灣資金不僅愈來愈空乏，臺灣更表現出缺乏獨立的社會風格。像一個散漫的社群，每個人都在為自己利益努力，其他一概不管。這種性格久了就成為國家的性格，而當初立國精神已找不出來。

問：大陸當局廣泛吸收臺灣資金，全盤為自己打算。但臺海兩岸的交流勢在必行，余先生認為我們進行對大陸文化、貿易、學術各方面的應抱持怎樣的心態？

答：從人道觀念著眼，兩岸交流無可厚非。但生意上起碼要等一等，至少要等到政權性格改變，給他們一種壓力。從長期利益觀點來看，大陸如果不是一個非理性政權，不隨便動手殺

人，對臺灣安全也較有保障。

　　共產黨目前用意極為明顯，第一為吸收資金，第二是意圖將臺灣製造成一個利益集團，表面受惠者非給大說話不可。假如有十萬人在臺灣為大陸說話，在臺灣必造成很大的聲音。由此可知我們對大陸的政策應該如何，大陸永遠的目標是政治，經濟是次要的。在經濟與政治之間，他非選擇政治不可。

任何學術思想都是社會的反映

問：您在文章中提到，中國的傳統思想必須要經過現代化的詮釋。我們看宋元學案、明儒學案中，多以不確定的字眼作解釋，您認為必須以現代人明確的觀念加以詮釋。您認為中國人解釋哲學的方式，是否和我們文字的特性有關？

答：中國文字所顯示的意義模稜兩可，這當然有好有壞。從科學方面而言要求文字確定，而人文、文學、宗教的意涵無法一詞一義地確定。從人文而言不確定反而包涵了更豐富的看法。光是實證主義怎麼夠呢？

　　我覺得現代詮釋必須與現代生活的發展相連接。如果您要把宋明理學普遍化，但請問普遍化的標準何在？西方為普遍，中國為特殊？我們了宋明理學需從當時背景著眼。宋明理學的談法和孔孟不同，是因為受到佛教的影響，所用的是佛教語言，並非「陽儒陰釋」，當時若不用佛教語言，怎能讓宋朝人了解傳統儒家的內在意涵呢？用的只是詞彙不同，所指涉的意義其實一樣。當今中國人講西方觀念亦是，西方人講民權，但中國沒有「民權」兩字，並不表示中國沒有人

權的觀念。從某些觀念言之，中國人的人權觀念比西方好。亞里士多德、柏拉圖都沒視奴隸為當然，直到基督教時代，奴隸觀念才受到挑戰。而中國人很早就有「禁止賣奴」的觀念。所以我們要了解，沒有文字，並不表示沒有實質的觀念。

問：在「清代學術思想史」一書中，您用外在理路與內在理路來看清代學術之發展，與梁啟超、錢穆、馮友蘭的看法不同。能否請您進一步談談這些觀點的源起。

答：我不是認為清代學術只有內在理路，也並不是說三者的講法錯誤。他們的看法我不必再說一遍，只是進一步地說明。「內在理路」是內部提出的問題，無人能解決，一路談下來，談到某一程度，而突然有新的發展。這只不過是研究思想史的一個看法，而一般人卻把「之一」當「唯一」。

　　我不認為思想完全是被動、靜止反應的。學術思想對社會發展實具有積極的作用。基本上我不是決定論的看法，但也沒有把思想誇張到可以塑造、改變一些社會內容，「思想」的連作，必須要各方面的配合。

　　在接觸思想史中，我認為必須談到內在理路的問題，而並非認為只有內在理路。但也不是說沒有學術界，任何學術思想都是社會的反映，沒有學術界顯然是不可能的。

問：我們都知道歷史可以鑑往知來，但古代時空背景和現代不同，身為歷史學者，您能否指點我們，如何「鑑往」以「知來」？

答：這就要看你如可解釋「鑑往知來」一詞了。我們可以說中國大陸將來必有變化，這乃是基於歷史的判斷。但歷史無法「預言」。

歷史給我們的觀念就是「人性」，講歷史其實就是講人性。人性千古不變，被欺壓久了必會反抗。觀察中國歷史也有另一趨向，即是從西北向東南海上貿易發展。而臺灣的重要性也在此。即使大陸未變色，臺灣也會站在有利的地位。這些結論是基於歷史觀察，並不因為時代不同而異。

了解歷史，便可觀察世界大勢。胡適先生在四十幾年前講世界文化的趨向時說，民主自由是一大趨向，便是基於歷史的判斷。但當時沒有人相信他。今天東歐變化與天安門民主自由的要求，證明了胡適的判斷。胡適看到了現代文化的要求是民主自由，史達林或許可以講自由的政治，但政治注重個人自由，是現代人共同的要求。那怕只是一票，這一票代表的意義便是民主的過程──參與。

隨著年齡的成長，看法日趨保守

問：面對歷史的多變性，您是否曾想找一系統來歸納歷史的矛盾性？

答：每一個文化變層形成的矛盾中，就具有多樣面貌，實在不需要尋找一個系統打破矛盾，因為人生就滿著矛盾，我們儘管讓矛盾在就是了。

歷史中常有許多非理性的因素在支配我們，哲學家可以思考真理打破矛盾，但是卻無法將人類生活的矛盾破解。我們那裡是徹頭徹尾的理性動物呢？若是如此，人生也挺無趣味了！（一笑！）我們若是接受這個真象，就不會定要找一理性系統統一所有的矛盾了。

你能夠說歷史一定是一連串進化的過程嗎？我早先以為

「進步」是絕對價值，然而在衝突鬥爭下的進步，其價值何在呢？社會都希望「和諧」，在和諧中進步才有價值。你說是嗎？隨著年齡的增長，我的看法也愈「保守」，而我也願意承擔「保守」之名。保守沒什麼不好，就看你保守什麼東西而已；進步也並不一定好，若進到懸崖絕壁掉下去，這進步就無意義。「保守」與「進步」是互動關係，歷史不可能單線直上的。既然創造了東西，就必須「保守」他，若丟掉後又再創造，那創造又有何意義呢？

問：那麼您的人生觀是否來自對史學的觀察？

答：我是個重視經驗現象的人，不大願意相信所謂「很大」的理念，認為哲學的思考就可以營造一個世界。

　　在訪談中，余先生常因專注聆聽問題及思考問題，握在手裡的烟斗一直沒有機會點著。聆聽余先生的一席談話，不僅開展了對事物觀察的廣泛角度，更體會到身為中國的知識份子，是與時代命脈緊緊相連的。告別余先生後，走在熙攘的中山北路，歷史的變與常，將人映照的份外渺小。

胡適在中研院的那段日子
——訪中研院院士石璋如

　　胡適先生將其畢生精力奉獻于學術工作，晚年回國擔任中央
研究院院長一職，院內的研究工作及環境正急需要積極規劃、加
以安定。在胡適鞠躬盡瘁的帶領下，為中研院的學術研究發展，
奠定了良好的基礎⋯⋯

　　民國五十一年的二月二十四日，胡適先生主持中研院第五
屆院士會議後，即感疲憊，下午五時再度主持酒會時，因情緒甚
好，一再發言，且因談及國家學術發展的前途、科學研究工作的
急待努力，心情激動，致使宿疾復發，救治不及，溘然長逝，享
年七十一歲。

　　胡適先生將其畢生精力奉獻于學術工作，晚年回國任中央研
究院院長一職。當時的中研院尚正百廢待舉，院內的研究環境及
研究工作急需要積極規劃，加以安定，適先生就任之後，為中研
院的學院研究發展，奠定了良好的基礎。雖然其一生毀譽參半，
但對於中央研究院，真可以說是鞠躬盡瘁了。在中研院的那段日
子，胡適先生是如何帶領學術界？如何安定院內的研究人才？又
是如何在百忙之餘進行自己的學術工作呢？我們特地前往中研院
史語所，訪問了中研院院士石璋如先生。

　　今年八十六歲高齡的石璋如先生，是國內考古學的權威，在
中研院史語所從事殷墟和史前文化的研究，已超過半個世紀。半
個世紀的人生歲月，他沈浸於古物的研究，除發現了前人所未發
現的考古資料，對中國古代文化研究有重大貢獻外，對於中研院

的轉變與成長，石先生的感受亦份外深刻，今請他談談與胡適先生共事的那段記憶，應是別具意義的。以下是我們的訪問內容。

胡適研究思想，也了解考古的道理

問：今年是胡適先生的百歲冥誕，我們都知道胡適對於推動中國近代新思想、文化，具有舉足輕重的影響力。而胡先生自民國四十七年返臺擔任中央研究院院長之後，其致力振發學術研究風氣，充實院內研究條件，亦為時人所津津樂道。您當時在中研院史語所從事研究工作，能否談談您對胡先生的認識及了解。

答：我對胡適先生了解的不多，雖然在中研院是同事的關係，但是以往並不認識，是在胡先生來臺灣任院長後才有交往。胡先生對一般的後進非常愛護，領導學術有自己的方法循循善誘。也常常舉行學術演講，常邀院內同事到他那兒談論學術。然在學術上我們研究的心意相同，但他研究思想方面，多專注於書本，而我則是在田野掘地尋找考古資料，所以我這一行他也不太了解，而他研究的領域我也很少有機會深入。所以彼此談話也不能夠太深入。但是他對於考古的道理是了解的。

問：那麼胡適先生是否會常就考古方面的問題請教您呢？

答：那倒沒有，因學術研究是個人做個人的，而他也是個忙人，在學術工作之外，還有許多應酬。他自己的研究，也往往只有在深夜才能進行。

　　那個時候，中央研究院還沒有現在這般的規模，晚上他自外歸來，看到我們同事們都點著燈在夜裡工作，他會到各

地走走，但從不驚擾大家。因為他知道作學問是要在自己的小天地獨自思考，獨自寫作，如果有人從中打擾，就會把思想的線路打斷。

問：胡適先生回國後擔任中研院院長，帶領學術界，為中研院奠定良好的基礎，能否請您談談胡先生對中研院的具體貢獻及成就。

答：民國四十七年胡適回國領導中研院之前，亦有很長的一段時間領導過研究工作。他是有名的學人，又曾是北大的文科主任、校長，也在美國做過多次的公開演講。所以他能來，大家都很歡迎他。自政府遷臺以後，中研院隨政府來臺的院所只有歷史語言研究所及數學研究所。一切可以說是百廢待舉、困難重重。不得已，在楊梅鎮租下兩座鐵路倉庫，放置史語所的文物圖書，騰出一部份做研究工作室，而將數學研究所暫時安頓在臺灣大學。直到民國四十二年才在南港區購地開始進行復館的工作。

　　胡先生回來之後，才陸續將這個地方加以擴展，最重要的是他將研究者的研究心理安定了下來。這很需要，從前在楊梅是租房子，現在則是在自己的家，每年不用出租金，心裡也安定下來。他先將硬體設備建設起來，有了圖書館，人的精神食糧也有了安置的地方。從前雖然有書，但書都在箱子裡，無法閱讀瀏覽。這是胡先生對於院內同仁的照顧方法。

問：除了硬體設備的充實以外，胡先生與歷任院長的治所方式有何不同？

答：基本上沒有什麼大的不一樣。最重要的是「有錢」。胡先生對外關係頗有自己的辦法，不僅政府人員尊敬他，外國人士

亦很重視他，所以胡先生能為院內募到發展基金。他一方面與外界基金會接頭，政府也提出一筆錢來發展院務。有了經費才能作計畫，當時的化學所、近史所等也相繼都蓋了起來。

另外，作研究計畫，光在院內所裡作，規模也實在太小。他不但要求研究院能有所發展，也要求全中國的學術界也都能充分地提昇。所以他提倡成立「國家長期發展委員會」（國科會前身），希望學術界作學術計畫，向該會申請經費，而不只限於中研院作研究。也因此，國內的學術界才逐漸上了軌道。

研究學術，注重證據

問：我們知道貴院最近成立了文哲研究所籌備處，胡先生一生鍾情文學，也研究文學，但是當時為什麼沒有設立文學研究所的計畫呢？

答：胡先生當時之所以沒有設立文學研究所的計畫，主要是因為早在大陸時期，研究院就已經有一份成立各研究所的計畫，這其包括了設所內容，前後程序及發展。譬如「考古研究所」很早即已有了計畫，但一直到今日都還未成立。每個時期設計何類的研究所，必須與當時的需要程度配合。當時國家因為需要科學的技能，所以必須先成立與科學相關的研究所。

問：就您閱讀胡適的著作、言論，給您印象最深的一句話是什麼？

答：胡先生研究學術非常注重證據，他所發諸的言論，也就是要告訴大家凡事要拿出證據來，有一分證據，講一分話。另外

他也常說，凡事不要急躁，要慢慢來。你看他的反應很快，但他做事是非常地仔細，譬如處理自己的文稿，胡先生總要重覆閱讀好幾遍。

問：那麼胡先生在待人方面是不是也和處事的態度一樣嚴謹呢？

答：胡先生對人是很寬容的，但他對於作學問恐怕是很嚴肅的。他作學問是一點一滴累積而成的。譬如他研究水經注，書中到處都是他的紅筆批注。

在這段簡短的訪談中，石先生雖然聽力有些減弱，但談起中央研究院昔日的點滴風貌時，卻是如數家珍。胡適先生一生奉獻學術的精神，從石先生的談話中可知其一二。值此胡適先生百歲冥誕，我們除了知曉有這麼一位學者，曾經為學界默默耕耘之外，是不是也該深入體會他的內在思維，為本來的歷史開創一些新的可能呢？

民族音樂現代音樂及其他
——許常惠教授的音樂生命

> 那一年在東京，三月裡冷風颼颼，美軍B－52轟炸機數百
> 架自雲端而來，轉眼間滿地的屍體，令人慘不忍睹次的經
> 驗，使我領悟到現實的真面目。唯有，這藝術家所創造出
> 來的藝術才有美……

目送老師在煙塵滾滾的車陣中逐漸淡去、淡去……

微白的鬢髮、舉杯啜飲啤酒的神情，趴在木製戲台前興致勃
勃觀看野台的那個十歲男孩、揹著偌大的錄音器材頂個大太陽尋
訪民族音樂的音樂工作者；這一幕幕的人生場景爾今交織在我的
心底，彷彿一首優美雋永的敘事詩歌，也不禁使我想起威瓦第的
「四季」，迴盪在這莊嚴華麗的國家音樂廳。

和老師早在大學時期即有幸結緣。那年我大三，許常惠老師
擔任通識課程音樂課程部份。台下的學生來自文、理、工各院，
將近二百人的大班制，使老師與我隔著一段頗遠的距離。然而每
當老師談及「民族音樂」及音樂創作時的神情，卻深深震撼著
我，閱讀老師的著作，參加老師的音樂發表會，無一次不被老師
為音樂獻身的心靈所感動。

五月三十一日老師將在國家音樂廳舉辦「鋼琴樂展」，為愛
樂者提供一次系統而具體的個人作品發展，除了老師依據中國民
歌，特別為兒童及青少年編作的鋼琴曲子外，鋼琴與國樂團的協
奏曲「百家春」、「插曲五首」，以及將古老西方音樂復活於現

代中國民族樂派的「有一天在夜李娜家」，都是反映出老師在摸索音樂的階段中的不同思索。

基於這個因緣，使我有幸參加老師的記者會，並終於能與老師面對面的上了一課。

為臺灣新音樂催生

聆聽老師創作的樂曲，其經驗感受一如走入詩的意境之中，而老師一九五九年自巴黎返國，即刻投入新音樂運動，先後所發起的「製樂小集」（一九六一）、與年輕作曲家組織「江浪樂集」、「五人樂集」（一九六五）等，更使人聯想起同時期如雨後春筍般興起的各大詩社。老師是否也寫詩？和詩又有段怎樣的因緣呢？說起詩，老師眼神中所透露的彷彿是對幼子的鍾愛，又彷彿是對離家許久的長子依依的眷戀……

> 那個時代很奇特，習文學、藝術、音樂者時常聚集一堂，寫詩者梅新、瘂弦、白萩，繪畫者如五月畫會、東方畫會成員，都常為藝術而爭辯。當時，有兩個人扮演著非常重要的角色，一位是俞大綱先生、一位則是當時幼獅文藝的主編朱橋先生。俞大綱先生傳統國學的根基不僅深厚，對現代文藝亦非常愛好。所以俞先生的家裡時常擠滿了向他請教的藝術工作者，他也常正式地向我們這些三十來歲的愛好藝術者講授些知識。現今六十餘歲的藝術工作者，很難不受俞先生的影響。而朱橋先生對藝術亦非常用心，他知道俞先生家中有許多藝術工作者，便在幼獅文藝中為每個人開闢一個專欄，余光中、朱西寧、瘂弦、司馬

中原、史惟亮、姚一葦、我都有專欄，幼獅文藝真正掌握了當時活躍於藝文界的一群人。還記得朱橋先生常為邀稿子，可以整夜靠在你家的沙發上，等你寫完稿子再走，如此從心底欣賞你，今已罕見。當時現代化運動在整個藝術界澎湃興起，文學早在民國四〇年左右產生，爾後是「五月畫會」、「東方畫會」，我回國之後成立「製樂小集」等，再來就緊接著是舞蹈的現代化。六〇年代鄉土運動興起，反省「現代化」的種種，而恰巧我也於一九六七年走入了民族音樂的採集工作，與史惟亮等發起「民歌採集運動」。

從巴黎到臺灣鄉下

現今樂團人士尊稱老師為「民族音樂學家」，雖然老師並不在乎名字預著的頭銜究竟為何，但畢竟老師真是紮紮實實地為民族音樂的保存默默耕耘了數十寒暑。從全世界藝術之都——巴黎學成歸國，在推展新音樂的同時，老師卻主動地親近腳下的這片土地，為自己的同胞記錄聲音。這份擁抱傳統、回歸大地的熱情，若無認同的心，又如何能促使老師走向這條寂寞又漫長的路呢？

日據時代，日本人並不鼓勵本省子民受教育，基本上也不重視臺灣人的高等教育。當時的帝國大學，也就是今日的臺灣大學，本省人只占入學者的百分之十左右。而其他如第一女中、建國中學等，幾乎都為日人所占。當時家境稍好、考慮到孩子教育問題的父母，多願意把孩子送往日本

讀書。在我小學四年級的時候，我也繼哥哥、姊姊之後離開臺灣赴日去讀書。所以接觸到臺灣的民間藝術是在十歲以前。在太平洋戰爭爆發之前，臺灣的局勢仍維持一定的太平，每天都有歌仔戲班在我家的隔壁扮將起來。廟口拉胡琴，唱小曲兒的人很多，而隔壁戲班子的成員成天拉我到舞台上看表演。每每到了吃飯時間，都要家裡人拉我回家，吃飽了我又再跑回去看。想想當時也沒有什麼升學壓力，早上要上課，也總是帶著前一天原封不動的書包，所以小時候非常迷戲。這些看戲的經驗，無形中已在我心底繁根。以後我走入民族音樂，無非是因為自小已與民間藝術產生了感情。試問，它們若沒有撥動我的心弦，我怎麼會去認同？又如何產生莫大的動力作研究整理的工夫呢？

老師緩緩吐著煙霧，思緒彷彿隨著輕煙走入了時光的隧道……

從現實的血腥中體會到真、善、美的必要

臺灣光復後，我回到國內，一直到民國四十年臺灣才安定下來。我也才有機會思索自己未來的目標。雖然從小學習音樂，在東京也隨老師習小提琴，回到臺灣後也進入師大音樂系就讀，但從沒想過要作一輩子的音樂家。但，年輕的我卻永遠忘不了戰爭的血腥，使我有一股追求真、善、美的渴望。還記得那一年在東京，三月裡冷風颼颼，美軍

B-52轟炸機數百架自雲端而來,轉眼間槍林彈雨,滿地的屍體,令人慘不忍睹。這一次的經驗,使我領悟到現實的真面目!唯有藝術家所創造出來的藝術才有真善美。再加上常在學校翻閱日人遺留下來的譯著,有許多譯自法國的書籍,對法國的藝術非常嚮往,所以我決定赴法國投身藝術。

現在的小孩學習音樂、美術,多半在父母半逼半就的情況下痛苦去學,難道老師自小學習小提琴,也是父母的意見嗎?老師笑著搖搖頭說:

說起學小提琴,也是一個「意外」!當時家裡有把塵封已久的小提琴,誰也不知道那兒來的,家裡說最小,便決定讓我去學。民國三十八年我是唯一拿著小提琴考師大的學生。當考取的通知寄到家裡時,我父親才知道。他非常地生氣,但也無可奈何!

來到巴黎後,證明我的選擇是正確的。當時我捨棄可能成為演奏家的目標,而轉往巴黎大學學習音樂史,這音樂史對我影響鉅深。它不僅使我明瞭音樂的根源問題,更重要的是使我確切明白「我一定要回到自己的土地」!從自己的音樂史著手,從『根』開始!所以我一回到臺灣便不定期地到中北部佛寺採集梵唄。若沒有小時候那些淡淡的鄉愁,經過二十年之後,我不會回到鄉下去尋找這些隱隱約約的情愫。

一個音樂家一定要對自己忠實

　　一個藝術家在藝術的表達，不僅具有個人的風格，亦具備時代的風格。我出生於戰前，不可能寫出如戰後出生的音樂家充滿西樂的色彩。自我指間流瀉的，一定蘊含了中國傳統的東西，運用音樂的語法一定是屬於我那一代的。我常告訴學生，一個音樂家一定要對自己忠實。若你覺得這體裁、語法不屬於你，那麼，放棄也罷！

　　望著老師堅定而執的眼神，不禁使我產生莫名的疑惑！任誰都曾在年少輕狂，任誰也都曾想拋卻包袱，渴慕新奇的東西，面對中、西兩大音樂文化，老師難道不曾迷失過嗎？老師又是如何超越呢？

　　自小我接觸西方音樂，巴哈、貝多芬都是我喜愛的音樂家！還記得小學五年級，有個大學生迷音樂如癡，帶我去聽了一場交響樂團的演奏，聽完之後，我只說了一句話：「吵死了！」。就這樣我一次一次地接觸，也愈加迷上西方古典派、浪漫派音樂。念師大時所接觸有限，也不懂所謂的「現代音樂」。但畢竟傳音樂是無法滿足年輕時多變的感受，到法國之後，接觸現代音樂也迷上德布西和巴爾托克。後證明自己的癡迷是對的，一旦迷上，就有研究的心願。也才真正了解到他們仍是在自己的民族傳統音樂上予以創作。我是中國人，我便應該回到中國去發掘屬於自己的「民族音樂」，將西方技巧加以綜合。經過這一路的

摸索，才有今日豁然開朗的自己。當然，也讀了些中國人寫的書，尤其王光祈更令我感動不已。他反省到中國音樂的根本問題，就是未將民族遺產好好整理，只圖模仿。不然我自巴黎畢業後，為何還要回來呢？

從「民族音樂」中肯定臺灣與大陸的關係

　　既然是「民族」音樂，中國歷來的音樂史卻幾乎未有記載。眼見一代代的民族樂師逐漸凋零，我們的「中國音樂史」實在應重視這些來自大地的聲音，況且從「民族音樂」的歷史脈絡看大陸與臺灣的關係，當更了解臺灣的重要性；老師感慨地陳述他研究多年的心得：

　　歷年所寫的「中國音樂史」是有問題的！二十四史都有樂志，將音樂史納入正史之中，不似今日載史，根本都只是戰爭史、政治史、軍事史！摒棄人類美好事物如藝術史，而專載動亂血腥的歷史。受儒家「雅樂即正樂」的影響，清代以前多偏重宮廷音樂，士大夫彈古琴，詩詞音樂皆詳細載入歷史，但從不提民間音樂。這些上階層的音樂，來到民間，除祭孔、祭典音樂還稍有保存，其餘已經不傳。不存在的音樂，一味傳頌又有何意義？西洋音樂史讓我感動的，就在於他們並非『空白』、『空談』，他們談『音樂歷史』，而非『音樂家歷史』、『音樂制度史』！而我們，沒有證據也能談。自大陸淪陷，共產黨又完全抹煞了知識份子、宮廷音樂，將民歌戲曲吹捧備至，這雖過偏，但畢竟重視了它們。直到最近，「中國音樂史」才能將具

體存在的音樂從上到下完整地保存下來。

說起臺灣的民族音樂其實相當值得研究，所謂「禮失而求諸野」，臺灣保存的音樂比大陸更傳統、更古老。中原文化傳到福建，再由福建傳到臺灣，中原文化一直在變，而傳到臺灣的，臺灣子民視為寶貴，不敢更動。如「北管」，其實就是中原的「亂彈」。乾隆年代將北方戲劇分為雅部、花部，雅部就是崑曲，花部就是皮黃戲、梆子戲等，統稱為「亂彈」。傳到臺灣，就不敢亂改。而在中原，亂彈就各自演變為平劇、秦腔等。所以要研究臺灣「北管」，就等於研究乾隆時期的皮黃、梆子戲。去年我回到福建，更加放心，因為臺灣的南管戲就是由泉州而來，但泉州的戲早被共產黨改得面目全非。所以臺灣有很多保存的就是古老大陸戲的風貌！誰說臺灣和大陸沒有關係！

　　老師不僅關心民族音樂的問題，對音樂教育、新代音樂家的史料發掘亦是他關注的對象。老師謙虛地稱道自己能力有限，但不論為音樂界作什麼事，「民族音樂」一定是他的終極關懷。在這環境悠雅的劇院咖啡廳，聆聽老師一席長談，不時會傳來鄰座孩童嬉鬧的聲音，老師仍興致勃勃地放大喉嘴侃侃而談，彷彿已與孩童的赤心相融一契。這難道就是老師心目中真正的「音樂」－富有生命躍動與靈魂的真實語言！
　　目送老師漸遠的影子，我似有些明瞭……

誰是武林新盟主？
聽說書人張大春說《城邦暴力團》

中國武俠的傳統，看似脫離現實生活去刻意營造一個非現實的武林江湖，其實其中充滿了人性的縮影……。

　　紅燈停，綠燈行；警察指揮交通，路人依序前行。陽光的溫暖，讓每個人看起來都是那麼地和藹可親、笑容可掬。在下一刻可能為停車位爭個你死我活之前，停車格正安安靜靜的善盡它規範空間秩序的職責，早來的march正常幸福的享受占有空間的勝利感，而晚來一秒的歹命駕駛正非常認命的讓焦慮氣餒啃著一顆無比尊貴的心靈。

　　這就是每個人天天必須生活在其中的城市。不管你是閉著眼或睜開眼，不管你是走在地面上努力努天立地爭一席之地，或是委頓在地底下像隻老鼠，蠅營狗苟只為求呼一口氣，都是因為有個城市，能讓每個生命，不論尊卑貴賤，都能夠找到自己的位置。在這個五光炫麗卻又死角叢生蚊蚋橫行的舞台上，各自過著自以為是的生活，一直到死的那一刻。

　　只是我們一般人都在既無可奈何，卻又拚命力爭上游的雙重性格下，接受如此現實的生活，有時遊走於法律與法律之間，道德與反叛之間，情欲與倫理之間，讓愛與恨交織成一張密密的網，緊緊地將我們困在現實的座椅上，伸張著有限的舉動。但是，身為一個作家，握有一隻如椽大筆的張大春，可不是非要如此認命又如此委頓的活。

從頭到尾，一個逃亡的故事

　　張大春，早已在臺灣現代小說中占有一席之地，從早期的《雞翎圖》、《四喜憂國》、《公寓導遊》，到近期結合新聞題材與文學創作的新文學型態：《大說謊家》、《沒人寫信給上校》、《撒謊的信徒》等，張大春就像是玩著文字創作的籌碼，一次又一次，一檯又一檯地和莊家爭論著遊戲規則，甚至還不斷找出一些新的玩法，拉進更多的賭客另開一台。

　　每一次他的新作推出，都必然帶給臺灣文壇相當威力的震動與刺激。

　　這會兒跨越千禧年，張大春又要擺開新的陣勢，來扮演說書人的角色，預備帶領讀者進入今古交織，現實與魔幻光影輝映的武俠新世界。

　　剛結束一場演講，場子裡仍有許多戀戀不捨的讀者隨著張大春的行止移動腳步。外面的冬陽正暖洋洋的照拂著已冷冽許久的人們，可這並沒有吸引到喜好張大春的愛書人。他們似乎緊隨著他，也歡喜「逃亡」到另一個時空之中，讓生命暫時拒絕眼前必須陷入的現實世界。

　　「這故事從頭到尾就是一個『逃亡』的故事。」終於，張大春得以在場子上高手環伺的境況下全身而退。點起一根菸，挑起一句看似就要結尾的楔子。

　　「這本《城邦暴力團》共四本，是從這麼個句子冒出來的：『孫小六從五樓窗口一躍而出，一雙腳掌落在紅磚道上，拳抱兩儀，眼環四象，氣吐三分，腰沈七寸，成一個蹲……』，他為什麼跳下來？因為警察要抓他，因為他偷了機車。他從五樓跳下

來，不死也應半殘，可是他成一蹲姿，表示，哦！他是一個高人，有背景的。這時一個武俠世界的入口就這麼給打開了。」邊說著，還邊比手畫腳，手中這一根菸頓時便成了練家子的武器，張大春兩腳一跨，就這麼又說開了。

逃什麼呢？這世界這麼丁點兒大，能逃到哪裡去呢？張大春笑了笑，「孫小六是個凡事畏懼、害怕、退縮、笨手笨腳的人。可是在他出生之後，每隔五年，就會有個老頭來找他，教他一套東西。這小子就在社會的底層媽的瞎混，混了這麼個三十五年，他會的全是當行技藝裡的神髓。可諷刺的是，他學了那麼多的東西，就是為了逃。」

在創作的世界裡，我就是王

所以，這本現代武俠小說寫的就是一個關於「逃跑」的事？我的腦海中隨即出現了金庸古龍高陽平江不肖生，黃蓉郭靖蕭峰楚留香，像個跑馬燈直向我招手，可這其中江湖武林比畫為的都是盟主寶座、武林祕笈的，這會兒男主角孫小六倒想逃，能看嗎？

「你可以這麼看——現代人空有一身本事，就是為了逃離這個社會、逃離這個體制、逃離種種一切的媚俗。只有這樣，你才能生存嘛！」哦，那我也可以這麼看——張大春可不也是藉著寫小說，遁身在文字的武林裡，只為逃離這滾滾俗塵？

「因為我拒絕某一個現實的境況，所以我寫小說。在這個創作的世界裡，我就是王，我可以藉著一隻筆營造另一個現實，另一個理想。我可以在其中拒絕外面的現實——那讓我非常不安，甚至非常厭惡的現實。我拿著筆，揮一揮，怎麼樣，不跟你們玩

總可以了吧！」一派「文化頑童」的表情。雖然張大春極不喜歡這樣的帽子，但他就是只玩有趣的事兒。

　　《城邦暴力團》中仍承續著他近期後現代的表現方式，將現實與虛幻，創作者與小說主角的置刻意重組拼貼，以自成一個真實與謊言混淆不清的文學世界。可這會兒，攤子似乎捅大了，把自個兒的師父，甚至親生父親都給淌進這混水裡了，這可找了更多的人玩了呢！為什麼呢？

　　「哦，這書裡的場景初初是以植物園荷花池畔，以及南機場眷村為故事舞台。從小，我就是在那兒出生的。我像家住在眷村圍牆邊最後一排，因為離眷村中心的人家還有段距離，所以我成了個臥底的社會觀察者，用文字來書寫憤怒，而不是用結黨或暴力的方式發洩憤怒。現在想想，如果以前是住在眷村的中心，那我可能會走向結黨暴力的生命形態，而不會是現在的模樣吧！誰知道呢？」

　　那父親呢？拉父親進小說世界中參上一角可有道理？身為忠實讀者的我仍不免多此一問，跳進故事裡「對號入座」一番，明知作者是最不願意讀者如此不明事理的，但……。

　　張大春嘿嘿一笑，答案像是呼之欲出，「把爸爸拖了進去，多少是和他有些關係的。但多說了也就沒有意思了，只能說，眷村的生活真給了我許多的生命元素。」

以中國水墨畫汽車高樓

　　「中國武俠的傳統，看似脫離現實生活去刻意營造一個非現實的武林江湖，其實，這其中充滿了人性的縮影，使每個讀者能夠看到自己內心世界的影子。很有趣的，我只是將武俠小說的元

素保留，再加上一些現代的細節。所以，武俠小說到我手上，就不是一個文類、一個類型，而是一種材料。」

又是一招繁複迷離的新功夫。

「其實後代的武俠小說是在分享前代武俠小說所創造的世界，形成了一個又一個共有的江湖。這就是我在創作《城邦暴力團》時一直設想的：如何保留武俠小說的種種元素，再讓它產生新的活力，加入新的細節。」

舉個例子來說吧！於是說書人又開始了另一個段子，「一般武俠的形式都是有一個年輕的少俠擔任男主角，很小便離家出外流浪。一路上會有所謂的奇遇，可能遇到僧人或道士來化解迷津，指引正路。然後受到高人看重得以傳授武功，終於練成一身好武功。之後踏入江湖，一關接著一關打，終於得到傳說中的神器或武林祕笈。這些，便是傳統。可是，難道武俠小說就沒有另外的可能性嗎？就像中國水墨畫中不能畫現代的高樓汽車嗎？」

當然，隨著小說裡懸疑、凶殺、愛恨情仇、秘密結社等多條線索，有許多想要解開的問題正一一弔著我這個讀者的胃口。此刻那創造問題的武林新盟主就在眼前，真是個大好機會可以一解迷津。可是這武林盟主大哥大響了，家裡還有老婆、小孩等著他回去呢。只得當下與他告辭，讓武林世界中那殘破的、寄生的中國暫時回到武林裡，說書人要回到另一個更大、更具挑戰性的現實世界裡了！

讓水生植物回娘家
——邱錦和

　　只要前往宜蘭龜山島一遊，在烏石港搭船絕對是必經之路，而「單面山」造型的蘭陽博物館絕對也是行家必遊宜蘭的亮麗景點之一，但是你知道名為烏石港的「烏石」到底在哪裡？而蘭陽博物館的範疇其實並不只侷限於建築實體面。

　　以「烏石港」為基地的四週濕地就是充滿歷史人文與自然環境的生態博物館，烏石港曾是宜蘭第一大港，在宜蘭開拓史上佔有極重要的地位，但為什麼這座第一大港卻成了連大杳坑濕地都曾保不住的區域呢？

　　蘭陽博物館基地地理位置接近新烏石港，烏石港之名是因著烏石礁為立於港中的烏礁石而來，而烏石港（西港）原為蘭陽溪以北溪流會流的出口，1796年漢人入墾宜蘭，此港扮演海上運輸通道的重要角色，直至1892年港口淤積，逐漸喪失港口通運功能，河口改道，而形成現今半鹹半淡水的沼澤，大杳坑溼地生態系便自然形成。目前只剩三塊大礁石矗立於沼澤中，成為見證烏石港歷史的重要遺跡。

　　「湖泊、濕地就是我的教室，」擔任臺灣濕地聯盟宜蘭辦公室主任，也是宜蘭、羅東社區大學講師的邱錦和指著一片片浮在沼澤水面的野菱，「這些婀娜多姿的野菱，可是頭城國小的小朋友將種子一把一把地灑向水面的！」走在蘭陽博物館的濕地前，不時有蜻蜓降落在水草間，曾經是位木雕師傅的邱錦和一路如數家珍地介紹水生植物的名字與特徵，如看似不起眼的頭城水

簑衣，居然是宜蘭在地特有的水生植物，曾經因為烏石礁濕地的開發而瀕臨絕跡，邱錦和特別將它們暫時棲居在中南部的濕地，「你看，頭城水簑衣葉質地較薄，葉面的毛也較短，花萼外無卵形苞片，是真正的在地種。它又名宜蘭水簑衣，是水簑衣的一個在地變異種，本種與西部瀕臨絕種的大安水簑衣很相似，但野外棲地只侷限在宜蘭頭城的大坑罟濕地地區。」看著一叢叢低矮的水簑衣，無限愛憐的神情如同看著自己的孩子，「當初我是用『工作假期』的方式慢慢讓它們『回娘家』，如果你能種3000棵水簑衣，我就免費為你導覽兩小時，就這樣，加入了公民的參與，一公尺種一棵，一共兩年，頭城水簑衣終於逐漸恢復現今自然循環的生態系統。」

邱錦和說，他希望這些大人們也帶著孩子「親手做」、秉持「做中學」的觀念，等孩子長大了，有一天也會告訴自己的孩子說，「這裡的水草是阿公帶它們回娘家的噢！」，走過一叢叢的風箱樹、水社柳、華克拉莎、三儉草、藺、高桿燈心草、燈心草等，邱錦和不諱言這樣全心為宜蘭這片土地投入心力，「其實是又怕、有愛的」，2000年搶救雙連埤開始，就有一位四季國小的老師跟隨邱錦和做著「有意義的事情」，毅然決然辭去了安穩的教職工作，邱錦和也整整被他的母親罵了三年。而熱心帶著社大同學進入山上勘察濕地特有種水生植物，沒想到就有一些其實別有賺錢目的的學生利用晚上摸黑偷取稀有植物販賣。如今，只要報名邱錦和課程的學生，都得經過他的口試，還會簽訂公約，不准將稀有棲地公諸於世，以確保生態的安全。

近年，隨著政府於2007年公布75處國家重要濕地，並發表《全國公園綠地宣言》和《臺灣濕地保育宣言》，濕地保護的實踐行動逐漸為國人所重視，曾任中華民國濕地保護聯盟理事長的

邱文彥教授談到宜蘭濕地的維護工作至今能夠開花結果，認為邱錦和的貢獻「是宜蘭最重要的支柱」，「溼盟在台南成立二十週年，邱錦和能堅持幾十年刻苦投入地方紮根，一直擔任長期志工，實在是很了不起的！」臺灣第一個「高雄鳥松濕地」就是由邱文彥一手規劃的，他認為濕地保育遇到開發與人為破壞的問題時「非常需要慢慢溝通」，而邱錦和就是能做到溝通與整合在地的力量，「運用『異地補償』（亦為人工補償）的方式達到烏石礁濕地保育的目的。」

　　宜蘭有一群濕地保育志工，在邱錦和的帶領下，走訪蘭陽地區各個大小不同的自然濕地與人工濕地，學習如何保育、復育臺灣的水生植物，這些志工還包括頭城國小、人文國小的小朋友。每當小朋友工作了一天，邱錦和就會帶著他們到頭城火車站前的「樂窯餐飲坊」去吃當地食材烘烤的披薩，老闆娘邱蓁紜說，店裡常常有邱老師帶來的志工小朋友，有時是為他們慶生，有時是請他們吃晚餐，「烏龜形的大烤窯是我們鎮店之寶，這隻大烏龜可是老師親手做了三次才成功的！」邱蓁紜說自己平日就是非常注重環保與使用在地食材，邱錦和常來店裡和她討論如何運用在地食材製作更好吃的披薩，讓她獲益匪淺。

　　當所有工廠開始出走大陸，為了留在自己的家鄉，邱錦和開始擔任高山嚮導，從跟隨中研院研究員開始記錄植物到保護植物，邱錦和非常認真地學習瞭解植物生態，他說未來希望「繼續讓『蘭陽博物館烏石礁濕地』成為『頭城大坑罟溼地』的縮小版，當生態穩定後，如何長期觀察和維護，以及避免大動作的植栽和干擾，便是接下來的計劃。」談到家鄉的環境保護工作，邱錦和仍然毫不停歇，繼續透過更多元的方式完成保護這片土地的目標。

「牽成好厝邊五關鍵」

- 影響力：近年來邱錦和在社區大學及各地社區進行不同形式之濕地營造，累積了豐富的經驗及專業知識，不僅為溼地環境教育與推廣盡一份心力，未來也可以提供其它單位作為濕地保育的參考，更可進一步結合社區及社大力量共創水生植物的新家園與價值，讓更多伙伴參與濕地營造的活動。

- 參與力：結合在地志工，並進一步深入社區與學校，參與大大小小的濕地生態復育工作，目的是希望喚醒社區居民們對濕地生態的重視，並能結合社區力量共同復育與維護濕地環境與在地性的水生植物。。

- 執行力：在頭城國小的學童以及在地社區身上培養生態復育觀念，邀請頭城國小六年級的學生們與家長、社區夥伴一同參加植栽復育、導覽解說、生態維護等活動，讓學生從系列性活動中認識濕地生態、體驗愛鄉愛土及愛護特有植物的保育觀念。

- 創意力：「生態龍舟」是邱錦和運用漂流木的素材重新組合製作，不但永久展示在社區生態龍舟教育基地，還可以以自己本有的木雕技術教導學生「做中學」，改善水生植物與稻米的種植問題。

- 永續力：將蘭陽博物館烏石礁溼地復育成功，不僅只是一個觀光景點，更是人與自然和諧共生的水生植物博物館。復育與蜻蜓種類、數量有相對的關係，這裡已有數量眾多的蜻蜓，表示生態環境已接近原始的狀況，而大量的蜻蜓也供給鳥類飛到這裡棲息，回到生態自然循環的系統。

聽我唱起家鄉的歌

　　說起歌仔戲，大家都約略知道目前仍是臺灣民間最興盛的傳統戲曲之一，也是具代表性的傳統表演藝術。但是，只要經過路邊廟前的歌仔戲臺，不但觀眾席寥寥無幾，連舞台上的演員也常一人獨撐場面。雖然2009年頒定為臺灣文化資產之重要傳統藝術類，又有多少人真正了解這臺灣唯一自創的劇種呢？

　　隨著時代潮流的演變，現代歌仔戲充滿了各地戲劇、娛樂元素，科技化的聲光效果與華麗多變的排場讓人目不暇給，但是，你知道嗎？這一切的起源卻來自於宜蘭縣員山鄉結頭份社區的一棵茄苳樹下。

　　此地地名之所以稱為「結頭份」，是因為結頭份社區的先民來到蘭陽地區開墾時，因蘭陽平原（噶瑪蘭）尚未設治，所以當時先民向滿清政府申請蘭陽地區的開荒單位為「結」、「圍」，而單位的領導人簡稱「結首」，結頭份的土地即為開墾後結首所分到最好的第一份土地。

　　車子駛進結頭份社區，一路顯眼的社區logo非常引人注目，「結頭份社區logo是用社區的老故事去結合而成的，」結頭份村村長陳聰文非常驕傲地說，「社區logo是結合地方名稱跟結頭份歌仔戲（落地掃）的特殊扮相「眉」以及歌仔戲發源地大樹公社區故事設計出來的，這對我們結頭份社區居民有著特別深遠的意義。」同時擔任結頭份社區發展協會理事長的陳聰文，原本是一個在台北住不慣的青年，本來一定會在假日回到宜蘭休息，後來

我在採訪人生

145

乾脆舉家回來打拼。因為憑著熱心公益和從事業務的專業精神，從擔任社區服務守望相助隊隊員深受讚譽選為隊長、2009年擔任結頭份社區發展協會第五屆理事長至今，一路在為自己家鄉結頭份村找尋文化的原根，留住原鄉精神，「這是歌仔戲的原鄉，但是幾十年來竟然無人發展歌仔戲！」談起家鄉的歷史真是如數家珍的陳聰文，去年在志工媽媽的推舉下獲選為村長。

　　「剛剛才去幫手工釀製黑豆醬油的阿嬤蓋好油甕蓋子，待會兒應該會下午後雷陣雨。」陳聰文隨意擦去額頭斗大的汗珠說，「我們村裡的純釀黑豆醬油、綠竹筍、落地掃可是臺灣數一數二的。」走在一片綠竹筍林前，陳聰文談起當地種植綠竹筍的歷史，原來是日本人為了藏匿飛機而大量種植的，「有時還能同時藏匿三架轟炸機呢！」

　　沿著田間小路前行，不時可見居民喊著村長的名字。社區有條路名很特別，叫「挽面阿媽的結福路」，會這樣取名，「是因為要感謝住在附近的老阿嬤李梅，多年來她熱心打掃當地廟宇，但都須走在40公尺長的田埂路才能到達，非常不便，社區為了感謝她，為她打造新路，還以她的名字命名。」跟著村長拜訪了阿嬤，阿嬤雖然今年已高齡94歲，但身體健康，心情開朗，與三兒子李振義一家人同住。一看到村長來馬上熱絡談起村裡大小事，「村長讓整個社區活化起來，目前如何突破傳統農法，是村長的考驗。不過當慣開山始祖，他不怕！」李振義拍拍村長的肩膀笑著說，「去年我們村長動員社區居民回收家中廚餘，將竹子打碎後加上廚餘混在一起發酵，作成環保堆肥，所以今年菜長得特別漂亮呢。」這些村裡大小事不管公務事私事都成了陳聰文的大事。

　　隨後，村長馬上得趕到讚化宮旁的社區活動中心參加社區歌仔戲班的表演。一到現場，歌仔戲班的同學們已經準備粉墨登場

了，只見村長馬上換上歌仔戲班文武場的服裝，忙著搬道具，會場旁幾位媽媽們正在燉煮香噴噴的食物，一旁協助的志工李同學說，「這些食物都是村民熱心提供的，有時會配合劇本的內容來烹調，等表演完就會招待台上台下的村民一起共食。」伴隨著撲鼻的香氣是文武場的節奏，定睛一看，原來村長已坐在武場的位置拿著響板準備著呢。

文武場的許金連老師來自蘭陽戲劇團，每週三固定來結頭份社區教學，「目前學員有七八位，大家的學習意願都很強。」在社區擔任泥作工程的歐先生邊彈著月琴靦腆笑著說，「從沒想到自己有天也能彈樂器呢！」

簡單的舞台，基本的扮相，在結頭份社區活動中心內欣賞著在地居民自己編寫的落地掃，不禁想起一百二十年前有一個叫歐來助的先生，農忙之後拿著弦樂器在一棵大樹公的樹下開始矇演矇唱，慢慢把這個臺灣本土的歌仔戲唱了出來。故事並沒有結束，後來因為有心人願意復興在地文化，結頭份社區的居民有閒就來學歌仔戲，無形中更凝聚了社區文化意識，還結合全國的歌仔戲班，每年來此一同參與盛大的「歌仔戲文化節」，成為全國極具代表性的社區。

「牽成好厝邊五關鍵」

● 影響力：成立「結頭份歌仔戲班」，集結社區居民不遺餘力，在專業老師教導下，利用每周三晚上的團體演練，加上回家後不斷練習，已經具備專業戲班水準，現在受邀演出機會日益增多，受到各方好評。

● 參與力：經營社區活動中心為村民聚集活動的好地方，現有八

個班隊：結蘭社、長壽俱樂部、歌仔戲班、歌唱班、守望相助隊、環保志工隊、烹飪班、韻律班，居民參與踴躍。

- 執行力：為了看見地方的改變，年年舉辦「歌仔戲文化節」，結合學校、公務單位等，帶動社區在地文化的價值感，相信堅持做下去就會看到意義。
- 創意力：由社區開始推動結頭份社區自釀黑豆醬油，號召婆婆媽媽重現在地釀製技藝，讓好的文化手藝能傳承下去。
- 永續力：村長不但號召大家同心努力推動社區活動，讓大家享有榮耀與掌聲，還能發掘在地的特有文化，舉辦許多學習課程，讓居民在學習中找到自我與社區的價值。

傾聽內心的鼓聲

　　九份、金瓜石與水湳洞，是大家耳熟能詳的東北角觀光三寶，「水金九」台語念起來有「美很久」之意，代表的是期許這些美地能繼續美很久，不須再像祖先般將金礦挖掘殆盡後才驚覺家園一無所有，而是重新回頭擁抱這片土地，找到永續生存的契機。

　　喜歡九份的人和喜歡水湳洞的人，個性可能很不同，聽到的聲音也很不一樣，九份是人聲，水湳洞有鼓聲；水湳洞也是山城，祈堂老街也是老街，但九份好擠，水湳洞卻不容易找到小吃店。水湳洞是個安靜的地方，居民為著生活，回到原鄉的事就是回家，回來，讓母親餵養。然而從外地來的人呢？他們來是為了什麼來的？如何看待自己與在地居民的關係？

　　曾任黃金博物館館長的施岑宜本是個倒地的「台北俗」，和擔任設計師的先生來到水湳洞便決定定居下來，並將住在台中的公公也一起接了上來。然而一開始並不如想像中的那麼美好，「一來水湳洞就愛上它，沒想到一開始是先和垃圾抗爭的，」施岑宜笑著說，「我家前面是個小山谷，常常就是有人騎著車將大批大批的垃圾往美麗的山谷倒，我就開著窗站在一旁監督，勸導他們，有時還受到無理的回應。有一年颱風我寫的『警示牌』被風吹走了，沒想到，過幾天，牌子不知道怎麼就被放回了原地！」施岑宜說垃圾抗爭終於有了正面的迴響。

　　說到「不一村落」的打造計劃，施岑宜說這開始於一顆吃素

的浮球，「2009年在地陶藝家許居福（阿福）撿起一顆海邊的浮球，剛開始用羊皮或牛皮製成了第一顆鼓，後來因為不忍殺生，便用最簡單的胚布當鼓面，沒想到在雨中打起鼓來聲音分外動人！」從2009年開始，施岑宜一連七年申請信義房屋社造計劃，從製作不一鼓到成立「幸福學堂」，帶著居民找回自我，走出水湳洞，像「浮球」般與各社區交流，然而今年「不一鼓坊」卻決定結束一切，也不再申請計劃了，「自從去年退出『山城美館』的營運團隊，不一鼓練習的地點一直是個問題，有天里長來敲門了，『居民抗議你們太吵了，』，不一鼓就決定解散了！」

雖然直言當下一刻覺得自己真是「有解脫的感覺」，眼角還泛著淚水的施岑宜仍然帶著笑意說，「一如阿福常說的一句話：『不一而不異』，浮球英文是"Buoy"，我們都是「不一」樣的人，但也是「不異」的生命共同體。鼓畢竟只是工具，是為了連結人與人而產生的，每個人最終還是要面對自己。」回顧這一路走來的過程其實很痛苦，等到夥伴佳蘭說了一句：「謝謝妳，無意中我被鼓聲打醒了！」，才發覺自己也許等的是夥伴的一聲「感謝」，面對水湳洞的美好，她問自己當沒有了「鼓」，與社區居民的關係還有什麼呢？

回想起共同在海邊、山上打鼓的時光，施岑宜依然充滿著喜悅的神情，「我們在陰陽海前摸黑打鼓，看不到彼此，只聽鼓聲；當月亮升起，照著彼此的臉，當突然一陣大雨我們擠到候車亭一起打鼓，一起吃著各自準備的食物，這些時光令人懷念！」

一如施岑宜所言，不一鼓的鼓聲也沒有休止的一天。曾隨著不一鼓交流的兩支不一鼓現在定居在小林村的「大滿舞團」，而水湳洞附近的濂洞國小、欽賢國中、瑞芳高工也陸續成立不一鼓社團，繼續傳遞著不一樣的鼓聲。當初為祈堂老街修建老房子，

打造藝術家工作室的老街重建計劃，現在也陸續吸引了不同團隊繼續振新工作。山中合作社負責人陳昱安說：「當時黃金博物館邀請了當地耆老阿輝伯講解祈堂老街在淘金時期的盛況，阿輝伯指著一處處荒涼、雜草叢生的廢墟，笑著說哪裡曾是理髮廳、哪裡是電影院，當時沿著山城蓋建的狹長祈堂街居然擠了六萬多民住戶！」「我們『辦理』社區營造的方式很簡單，就是住在社區裡，天天住，甚至年年住，每住一天，就往外走多一步，到處走、到處和鄰居聊天吃飯話家常，直到有一天，早上五點會接到某阿嬤打來的電話，說他孫子在外縣市想找你聊聊天，想請你吃他剛滷好的滷蛋，那便是社區營造的第一步了。」陳昱安和沈文強是大學同學，為了水湳洞的美景開始創業之路，沈文強說，祈堂老街的秀琴阿嬤，從小家裡開租書店，根本不會跟你多說什麼，老一輩的還認為拍照會折壽，看到攝影機就躲，怎麼紀錄、怎麼拍攝？但每天都去跟他聊天、買個彈珠氣水，幫他收店拉鐵門窗，跟他聊理念，告訴他這間店不簡單，不紀錄起來，是老街文史上的重要遺憾，老奶奶聽著聽著也願意懂了。「所以我們拿起相機，拍下秀琴阿嬤第一張照片，就是對這個社區好、對這個社區文史紀錄有貢獻的一小部分，也是社區營造的第一步了。」平日還在新竹科技公司上班的沈文強，到了週末便急於回到水湳洞，如同回到自己的家。

　　「不一村落」藉由一個類社區的微型造村計畫來讓居民感受同在一起的過程，即使連續四年元旦在茶壺山下迎晨曦的行動在今年告停，但是就像一起即興擊鼓必須互相傾聽、等待、陪伴、帶領、跟隨、退讓，觀照人與自己、人與他人、人與土地的關係並不因為「不一鼓坊」的結束而中止，一如施岑宜所說，就像對幸福人生的追求，是學習也是實踐，「不一村落」不追求表象的

空間氛圍形塑，是從「心」開始，也沒有結束的一天。

「牽成好厝邊五關鍵」

- 影響力：從擊鼓開始，不一鼓的夥伴開始組織幸福學堂，一同讀書、一同討論、一同冥想、一同彼此鼓勵創作，大家開始探討與學習幸福生活與圓滿人生的多重可能性，彼此關係不再只是共同習鼓，而有共同成長的機會。

- 參與力：在造村的過程中，不但將成果轉化成社區展，在社區的美術館—山城美館呈現，更因邀鼓與展示的互動，擴大社區居民的參與，擾動社區，創造更多議題與參與感動。

- 執行力：連續七年申請信義房屋社造計劃，不但整合在地居民，更讓駐地文創工作者、外來居民與在地居民積極互動，充分呈現「不一而不異」的生活哲學。

- 創意力：從一顆浮球開始製鼓，到「不一村落」的打造，成立「幸福學園」，讓在地居民以行動感受同在一起的過程。

- 永續力：從一起即興擊鼓開始，學習互相傾聽、等待、陪伴、帶領、跟隨、退讓觀照人與自己、人與他人、人與土地關係，即使沒有了鼓，「人」依然是主體，依然會繼續生命個體的互動與尊重。

北投郊山小農幸福圈

　　住在北投的人都知道，沿著山勢拾級而上，運氣好時，一邊散步賞景，一邊還可採買山上小農自種的蔬果，背包裡都是滿載而歸的幸福。這就是北投迷人的地方，平地處不時可見熱鬧的農民市集，往山郊處可親近宜人的田園生活。而這些農民市集並非固定時間前往固定的地方擺攤，他們是如何照顧這些耕種的園地？農作物的供銷狀況是否正常？

　　北投地理位置的得天獨厚，造就當地農產當地銷售的最佳條件，然而在地的小農卻因缺乏組織性的長期規劃，讓買方不知何處買，而小農不知何處賣的困境。2000年成立的北投文化基金會本以北投文史為主，2008年起開始積極接觸農民，並在北投社區大學舉辦「農村體驗營」，辦理社區支持型農業相關活動，以田野調查方式認識農友，並與北投農會合作，初步先建立在地人安心吃在地菜的社區信任與有機認證。

　　本地農友多以小型農家為主，農產品之行銷管道多為自行販售，大多數農家的農產品販售地點為行義路一帶或山下的傳統市集。但自2009年陽明山國家公園取締小農設攤販售農作物之後，北投文化基金會便開始著手輔導小農，著重於以紗帽山南側的泉源社區、湖山社區、大屯社區為主軸，並串連新舊北投社區為範疇，發展都會郊山的在地支持性農業。

　　「我心目中理想的社區生活是北投社區與當地農業活動能夠相互支持，當小農耕種的安心農作物辛苦採收後，社區居民能夠

在社區方便購買。」雖然不是北投人，但對北投懷有濃厚情感的北投文化基金會執行秘書張鈺微說，基金會最終的目標是希望社區的居民能協助導覽，幫忙出售農產，而有理念的小農不只是使用「慣行農法」，還能友善對待土地，生產安心農作物。張鈺微充滿自信的眼神傳遞著一種她的社區信念：只要一群人與一塊土地或一片區域土地間能夠相互承諾，讓農地餵養社區居民，而居民以支持農地作為回報，就達到「支持性農業」的基本價值。

「這裡就是標準的『地產地銷』，」張鈺微說。鼓吹消費當地食材、縮短餐桌上的食物里程，同時透過社區採購力量，建立一種「當地採買、當地消費」的社區協力農業，就是「支持小農以合理價格生產無毒無害的農作物，」張鈺微說。

做為一個在地公益組織，北投文化基金會以極少的人力長期參與人文生態、歷史古蹟與特色產業，累積豐富在地的資源，更建構有效的社區支持型農業的營運模式，藉由開辦具有特色公共品牌、財務可持續發展的「發展都會郊山的在地支持性農業」，進而反饋社區，協助累積更多的社會資本，創造社會事業效益。「我們很清楚基金會其實只是一個社區網絡的平台，不可能由自己來經營農業品牌。」張鈺微堅定的指出。

「基金會董事長洪德仁對於未來的發展會提出具體的規劃，再交由會內工作人員一一完成。」張鈺微說。自2008年起，基金會便在北投社區辦理多次「農民市集」，試著將散落在北投大街小巷的生產者聚集起來，並同時與北投社區大學、市立復興高中建立「北投學」的在地文化地景，合作開設相關農業課程，進行環境與農業文化教育，並推動「共同購買機制」，在社區大學建立固定的取貨點，讓消費者與生產者的直接對話，以此作為北投農業地方品牌的基礎。

「2010年很高興申請到信義房屋社區一家的專案補助，基金會積極執行了許多事情，例如辦理共識座談會及學習課程、輔導安心耕種及無毒認證、簽訂生產及經營公約、互動式體驗教育、共同購買、農民市集、體驗式農業活動、市民農園、PPGIS強化北投永續農業網站、結合學術論述辦理期末成果展、出版『看見北投、營造幸福（2000-2010）』系列專輯等，確實為重拾農民尊嚴，發展地方特色產生很大的幫助。」張鈺微如數家珍的說，很難想像如此熱愛北投的神情是出自一位外地而來的人。

　　基金會與北投社大的長期合作，對農友而言是極具意義的，農友敏慧說：「到市集的人，我想都和我一樣對北投社大有一份濃厚的情感，這個市集美一個人就像自己的家人一樣。」，而農友懷弟也說，「每每來到市集，就好像小學生，期待戶外交學一樣，很興奮，會失眠。感謝社大提供一個這麼好的平台，讓我們能夠再社大的帶領下，有更多人認同支持我們小農。」聽到農友的積極迴響，張鈺微說，其實從開辦「農民市集」起便遭遇了不少問題，例如尋覓辦理市集的場地極為不易，舉凡北投區的大豐公園、七星公園、長安公園、復興公園等都曾安排過，礙於公家單位場地有諸多限制，無法固定一地長期辦理，而小農與消費者皆希望能固定場地。可喜的是努力多年終於有成，今年（2016年）下半年度基金會已完成「復興公園」固定型的農民市集，讓社區民眾可以藉由基金會的安排，順利購買到在地的農產品。

　　從2008年開始接觸小農起，張小姐深切瞭解，北投文化基金會只是具備輔導教育社區居民與農民的運作機制，最終應該還是要回到「小農」自主自立的供銷管道。所以今年度起更積極輔導小農成立屬於自己的「銷售平台」與「小農基金會」，鼓勵有意願的小農成為領頭羊，在接受農業相關教育之後，能影響其他小

農，爾後再將小農部分所得回餽小農的「母基金」，不但助人，亦能達到永續經營的目的。

你是不是希望能夠品嚐北投小農栽種的安心農作物呢？是不是也想回到居民與土地的親密關係呢？發展都會郊山的在地支持性農業不僅讓社區居民直接享用小農的心血，更能一起走進菜園口，親自看到細心耕種的農作物長大長高，不但感到滿足和值得，對土地的情感自然也因口中的那一份安心佳餚而漸漸散發甜味。

「牽成好厝邊五關鍵」

- 影響力：透過北投文化基金會與北投社區大學建立的相關網站與人力，能補足區公所與農會無法解決的民間農產供銷問題。
- 參與力：北投文化基金會具有不同的功能面向，以「北投社區大學」為平台，可邀請當地其它相關團體與居民共同參與。
- 執行力：持續執行社區參與、永續經營、增進社區生活福祉為核心價值的在地性工作，。
- 創意力：做為一個長期參與人文生態、歷史古蹟與特色產業，累積豐富的資源的在地公益組織，建構有效的社區支持型農業的營運模式，協助小農開辦具有特色公共品牌，進而反饋社區，協助累積更多的社會資本，創造社會事業效益。
- 永續力：輔導小農，找到自己的供銷模式，財務可持續發展的「發展都會郊山的在地支持性農業」。

浮球變書箱，書香飄湖西

　　捕魚用的浮球是漁村最常見的漂流物之一，這和閱讀有何關係呢？從海上漂流到滿載書香，這是一則湖西鄉民通力合作的美麗傳說。

　　當從定置網上斷落的那一刻起，浮球就成為一個萬年不化的廢棄物。「澎湖海邊常常看見這些廢棄浮球，當初是為了環保的需要，於是就想說帶回家裡和志工媽媽們討論看看可以有什麼用途。」看著圓滾滾的型體，加上頂部同方向的一對三角型耳鉤，陳麗妃突然發想，「何不製成一個又一個的書櫃呢？」

　　走在位於澎湖東北角的湖西鄉，這個居民以務農為主的偏鄉，卻遍佈書香，有幾處候車亭，同時也是閱讀亭，浮球改製的書箱上承載著豐富心靈的各色書籍，而浮球也打造出湖西獨特的藝術景觀。

　　將候車亭變身圖書角的推手陳麗妃出生澎湖馬公的教職家庭，婚後與擔任警察的先生定居湖西鄉。在孩子學校擔任故事媽媽及圖書館志工時，發現同齡孩子們學習落差極大，關鍵多在於閱讀習慣的培養與否。於是在2006年受到當時擔任鄉長兼鄉立圖書館館長陳振中的鼓勵，成立「愛蓮讀書會」，由志工媽媽協助孩子們閱讀與寫功課，並在週三下午由中高年級的哥哥姐姐們帶領小一、二的小朋友。

　　從小受書香薰陶，陳麗妃深深感受到書與知識就像一個人的靈魂。而這幾年的志工服務裡，發現雖然唯一的圖書館內書籍琳琅

滿目，鄉民閱讀習慣並未建立，需要有心人來推動鄉民讀書風氣。

要如何提昇湖西鄉的讀書風氣？「可以把二手書拿到候車站，讓等候公車的人在候車亭內，一面等車一面看書，」陳麗妃與好友洪閒雲的想法一拍即合，開始為湖西鄉「營造一個書香社區」，希望鄉民能因書而富，因書而更瞭解生活。

她在FB網站及候車站裡貼海報召募更多志工及募集二手書，每個候車站的讀書箱皆由專業環保老師帶領志工以廢棄的浮球製成，並利用浮球創作出一村一特色的藝術空間，打造屬於澎湖在地的特色文化。

從招募志工開始，陳麗妃逐步落實規畫的宗旨，利用此計劃帶動社區的參與，每週一至二次更換書籍，並整理環境清潔。讓社區民眾的閱讀量增加，推動社區民眾踴躍的捐書，讓書香永續飄逸。

從「愛蓮讀書會」積極推動社區閱讀風氣開始，這幾年隨著網路媒介快速取代書籍閱讀習慣，候車站的書籍使用率愈來愈少，而陳麗妃發現只推動社區「閱讀」無法真正解決社區相關問題，於是在2015年成立「愛蓮多元發展協會」，協助當地民眾學習拼布或相關生活技能，並獲選為縣府表揚的地方基層「芳草人物」，以行動影響更多人。至於在地「閱讀」的推廣，雖然因缺乏維護書籍的志工，目前候車站圖書箱僅剩南寮、湖西社區、湖西國中、西溪村、隘門村、林投村六支，但是由鄉立圖書館安排不同的志工老師定期舉辦讀書會，可嘉惠更多鄉民，達到閱讀風氣的提昇。

湖西鄉隨處可見的「浮球造景藝術」與「候車亭」閱讀書箱的設立，讓藝術與閱讀成為生活的駐足重點。而當初受到閱讀鼓勵的孩子們如今已多為大學生，也開始利用假期返鄉回饋，輔導

當地學童學業與生活相關課程，如此回流的力量，正是「社區一家」的真正精神。

牽成好厝邊五關鍵

- 影響力：藉由好書交換及心得分享的活動，召集更多的鄉民加入閱讀行列，而志工及熱心民眾的拋磚引玉，讓更多民眾一同來參與，進而影響社區的每個角落。
- 參與力：培訓更多的志工及小小志工走入社區，分享閱讀心得、好書交換以及說故事，讓小小的計劃做出大大的效應。
- 執行力：除了湖西鄉愛蓮讀書會現有的志工外，湖西鄉的22個村落裡每村各召集一至數名志工，由這些志工每週一至二次負責整理民眾所捐贈的書籍、該村候車站的書架製作、書籍管理、控管書籍的供應量、保持候車站的環境清潔及特色的營造。
- 創意力：每個候車站的讀書箱皆以廢棄的浮球製作完成，由專業環保老師帶領志工進行浮球書架製作課程，利用浮球創作一村一特色的閱讀空間，不但環保，更能創造出屬於澎湖在地的文化。
- 永續力：從推廣候車站閱讀空間開始，不但創造優質的人文氣息，此計劃得以延續，更將關懷社區的觸角延伸至關懷「新住民」的相關議題，並成為社區「多元發展」的重要推手。

村民寫村史，外垵一家親

中國古史有女媧補天的傳說，澎湖野史也有「羅王壘凱仔城」的故事。

澎湖縣西嶼鄉外垵村自古天然地形像個畚箕，村中溫王宮的羅王爺顯靈說「畚箕有缺口，錢財裝不多」。於是村民集全村之力在凱仔埔頂造了一段長約三十公尺的石牆曰「凱仔城」，填補缺口，自此漁船常滿載而歸。

百餘年前建造的凱仔城石牆猶在，多虧《畚箕傳奇——澎湖第一村：我的家鄉外垵村》這本村史（以下簡稱《畚箕傳奇》）的記載，否則這段僅殘留於地方耆老記憶中、google不到的傳說，遲早灰飛煙滅。

曾在中國時報擔任編輯的外垵村民許正芳，出版過不少書，對歷史、文字寫作有極大興趣，曾編過澎湖縣志、地方志等等，因回到澎湖照顧家人，對故鄉外垵村懷有新的感情，於是興起撰寫村史的念頭。2012年參加「社區一家幸福行動計劃」說明會後，決定從歷史探討，讓大家對外垵這個地方有更多了解。期間雖然遭遇對故鄉文化冷漠、不願助一臂之力的單位，但他仍不放棄，從一個人拜訪耆老尋根，到不識字的村婦、熱血的青年、政府公部門加入，共同投入為撰寫村史盡一份心力。

然而令人惋惜的是，筆者為採訪極具意義的村史撰寫過程而與許正芳取得聯繫，才知許先生這半年來他因治病前往台北就醫，不便受訪卻依然非常熱心推薦大池國小校長許有志先生。前

往外垵村進行採訪的同時，遺憾獲知日前許正芳已經往生的消息。也因著這次的採訪，更加認識許正芳結合村民為自己家鄉完成村史《畚箕傳奇》的積極意義。

　　談起許正芳，許有志仍不勝唏噓，「不知道他走得這麼快，本想等今年暑假可以再多找他請益！」「許正芳是一個傳奇人物，他總是能指導我許多事，給我許多教學生活上的建議，失去這麼一個好朋友，我覺得非常難過！」曾任外垵國小教導主任與赤馬國小校長的許有志先生，2009年積極推動「本土教育計劃」，2010年即開始有系統的為自己的家鄉紀錄整理村史，成立「鄉土教育」相關課程，以田野調查的方式，藉著「小地名」故事與當地耆老對話，完成《澎湖縣西嶼鄉外垵小地名的故事》一書。

　　而在《畚箕傳奇》一書裡，許正芳特別提及許有志校長的書觸動了他這個老編輯的心，讓他敢於出手來完成這本村史，後更藉著他的實際幫忙，讓許正芳「感到此生再難忘此人」！談及村史建置的重要性，曾擔任赤馬國小校長的許有志說，澎湖人口外移情形嚴重，加上少子化問題，今年八月就有赤馬國小、菓葉國小及港子國小廢校，建立在地文史更是刻不容緩，讓這些村裡的孩子長大後能夠瞭解自己的家鄉，進而才能產生情感，認同自己的家鄉。

　　而許多以訛傳訛的事若不加以考證，實在徒留令人啼笑皆非的故事。像位於外垵村的西嶼燈塔，現存燈塔為清同治十三年（1874年）所改建之新式洋樓鐵板新塔，因目標顯著，臺廈航船均視西嶼為指標。網路瘋傳燈塔旁有一古墓，墓石銘刻Nelly O'Dtiscoll女性名字，歷來對此墓的由來眾說紛紜，甚至

Discovery頻道還製作專輯加以介紹，只是可笑的是製作單位還特別找了外垵國小的女學生穿上白衣扮演小女鬼，裝神弄鬼，未就澎湖地方歷史的本源加以考究，實為可惜。

所以，如何將零散的史料整合成課堂教材不易，建立村史更是困難。然而，不論是文獻的不足，或是口述歷史的口傳誤謬，可貴的是，藉由口傳歷的紀錄，學生與村民得以和父母、祖父母互動，更能增進彼此與村落的認同感。許有志先生說，自己這本以「小地名」為發想所建構的「外垵村史」，乃是以人的角度書寫在地故事，相較之下許正芳的《畚箕傳奇》則更具文人的理想性。

原先只是單純的想要完成個人的夢想，但因村裡文風本來並不興盛，當著手開始完成外垵村史時，許正芳的採訪行動擾動了村裡的人，大部分都採取要理不理的態度，但是許正芳會找機會和村民喝茶，藉著聊天的機會談出許多珍貴的史料，也漸漸引起村民們的注意。居民參與度逐漸增高，紛紛主動表達參與的意願，讓只是想要完成村史的「小」事，變成居民所關注的「大」事，也因此找到了許多願意一同參與村史編輯的夥伴，如許有志校長提供許多珍貴的史料照片並協助討論編輯，而當時擔任外垵國小替代役的周衡則是協助將許正芳書寫工整的文稿一張一張打字存檔。

翻閱《畚箕傳奇》，文筆風格一致，許有志校長說全書都是由許正芳秉持老編輯的嚴謹精神一字一字地完成。即便是一本村史的撰寫，許正芳也以引誘讀者的實際閱讀觀感做為起點，文字以直接清楚、易懂為原則，摒棄咬文嚼字之資料堆砌，更詳細的規劃每一章節的內容，成為具體可執行的撰寫過程。這本村史成功地結合地方耆老、在地的教育工作者與鄉鎮民意代表一起齊心

協力完成，別具意義，如李有遠老師已九十高齡，不但是地方耆老，亦是許正芳與許有志就讀外垵國小時的小學老師，以其豐富的知識與無私的熱情，一路指導學生們熱愛自己家鄉，令人感念。

許有志校長感慨於許正芳走得太快，當初他還希望藉著村長的選舉能對家鄉有更多時的貢獻，可惜後來未能選上，這本《畚箕傳奇》雖然已經完成，卻未能進一步有效推廣在地史料的建立。離島的文化活動非常缺乏，許有志校長認為藉著教育的紮根，培養老師與學生在地文化與在地情感的認同，由認識在地發展歷史開始，找回對於居住環境的認同感與自信心，從「自己的家鄉」歷史開始認識，不但可以看見「大世界」，更能夠回頭觀看自己的土地，審視自己可以為家鄉做些什麼。

雖然無法親自採訪許正芳先生，但是透過一起撰寫「外垵村史」的許有志校長的介紹，再閱讀當時提案報告的內容，「從『個人築夢』的初想，到因『澎湖縣西嶼鄉急難救助協會』的介入，成為『幸福社區』的提案，我們組成了一個『畚箕傳奇』的工作小組之後，我們要做的、在做的『小』事，已經成為在地鄉里文史工作者議論紛紛、十分關切的『大』事。」從這本《畚箕傳奇》的眾志成城，充分感受當時由許正芳帶領的計劃至今對於外垵村具有多深切而長遠的影響！

牽成好厝邊五關鍵

● 影響力：撰寫村史的意旨除了介紹「外垵村」外，更影響文史工作者「近」視自己所在的聚落，用文字、照片及相關方式記錄下自己聚落的各種特殊與單一，讓撰寫村史的工作持續下去。

- 參與力：透過教育單位、社區等各種途徑，周知撰寫村史的相關事宜。於本計劃完成之後，除了委請社區正式行文給公部門，並有請公部門正視偏遠鄉下地區的文化活動。

- 執行力：本計劃之規劃執行，其目的不僅在於完成，更在於執行過程中追求趨向完善、完美的態度－文字編撰逐篇分人審定、廣泛蒐集史料照片、每篇文稿於撰定之後，必須由至少三名顧問審閱之後，再作修整增刪，方能下捶定音。

- 創意力：在誘引讀者能實際閱讀的目的下，堅持本計劃之文體以直白、清楚、易懂為原則（含經過考據之正確閩南母語），並摒棄詰屈聲牙之用字及無關宏旨之資料堆砌，期能使閱讀者「有感」，進而對其產生影響。

- 永續力：在偏鄉貧瘠的文化沙土上播下一顆種子，不只將勇氣作活水，熱誠呵護，真心灌溉，同時還成立「澎湖縣西瀛文史研究會」，專門為地方文史做相關研究，吸納更多旅外與在地鄉親共同參與。

正視老人存在價值，活出自己的尊嚴：
南投菩提長青村

　　人的一生總不脫生老病死，生命的演變雖然不像921大地震般突如其來的變化，但若能及早面對未來必然會走上的道路，善加規劃，相信老去與死亡的恐懼陰影將會減少許多。

　　可是不只臺灣，全球皆面臨少子化與高齡化社會的來臨，許多孤苦無依的老人缺乏適當的照顧，如何做到「老有所終」成了艱難命題。

　　自921大地震後，原本是組合屋的南投埔里菩提長青村，目前住著二十多位的老人，在村長陳芳姿夫婦的用心經營之下，這裡的老人們創造出一個嶄新的老人互助社區模式。在這裡沒有一定的計劃，只是為了生活的需要，老人家們必須發揮自己能力自給自足，達到「老有所終、老有所養、老有所用」的理想。

　　除了擁有完整的老人照顧制度，長青村亦是一個微型福利產業的實驗型社區，更是一個沒有血緣的大家庭，正視著老人存在的價值，讓老人們有貢獻自己能力的機會，活出自己的尊嚴，「長青村已歷經十七年了，不同階段有不同階段需要面對的問題，從第一階段是臨時性的組合屋，到第二階段成為臺灣僅存的組合屋，至今已與暨南大學合作『實驗老人社區』計畫。我們最重要的就是不能使老人失能，不能依賴旁人，住進來的老人能力強的要負責照顧能力弱的，如此亦可節省人力，又能使老人有事做。」陳芳姿說。

　　陳芳姿與先生從剛開始只是協助長青村的角色，到決定放

棄自己餐廳的災後重建，全心投入長青村的工作一直至今。目前長青村需要協助的事皆由各地志工一起完成，不喜歡被稱為「村長」的陳芳姿說，他們從來不招募志工，因為當她需要志工時，會提出協助的要求，自然就會有能夠幫忙的志工回到這個充滿「愛」的「家庭」。在這個「家」裡，她喜歡大家叫她「阿姨」、「老媽」、「阿娘」，每個志工就像她的孩子般。第一次來的志工，她從不教任何事，只請他先觀察體會即可，到了第二天漸漸融入這個「家」，就會瞭解如何做，如何與不同的「老人」溝通需要做什麼，因為每位老人每天的狀況都不一樣。

而陳芳姿處理老人們問題也是秉持如此的態度，她會在生活當中瞭解每位老人的能力，若有些喜歡倚老賣老、能做事卻不願做事的老人，她讓他們自然受到同儕的影響，自己發現獲得生活的滿足感與活動參與感的重要性，慢慢再交給他們能負責的工作。遇到講理也沒有用的老人，她就會扮起黑臉硬性規定，告訴他們，「我自己看得比你還多！」當「老有所用」成為村裡的生活目標，村裡的生活也就能做到「開『互助』之源」及「節『浪費』之流」了。

從埔里長青村的老人互助生活中，我們堅信有愛有陪伴，才能讓長青村裡老人從「共組」走向「共老、伴老、終老」的理想，最終還是希望藉著長青村的成功模式，能夠建立一種長期穩定的老人福利制度，構築一個老年生活多元化的理想社會。

改變安養機構照顧模式，生活靠自己創造

面對高齡化的社會已經來臨的事實，如何照顧老人成了全球一致性的課題，但是老人的問題不只是「安養」，「老有所用」

也是讓老人活得更開心的良方之一。陳芳姿說老人家吃的食物可以是自己在村後菜園種的菜，他們甚至可以到夜市將老人製作的物品擺攤，也可以接受團體訂餐製作餐點，還能成立麵包坊和豆腐坊，不但老人可吃，還能接受民宿飯店業者的訂貨，扣掉成本後的結餘，便是長青村的生活基金，讓老人能慢慢自立，獲得自尊心與成就感，讓他們瞭解不是他們需要「長青村」，而是長青村「需要他們」。「不只是為了村裡二十幾位老人，而是想到為自己的未來創造一個老人共組的社區。」陳芳姿說，若能逐漸改變現階段老人安養機構對老人照顧的模式，以長青村為實驗模式，照顧機構只提供機會和環境，而老人的生活是要靠自己一一創造的！如此方能真正達到「樂齡學習」的積極目的。

長安西路39號
——「台北當代藝術館」的前世今生

> 不只是一座新的藝術館，
>
> 古蹟的歷史、社區的人文建立良好溝通的橋樑，
>
> 請在地居民參與創作，營造獨特的集體記憶，
>
> 當代藝術的國際網路樞鈕。

　　如果你是一個生在台北、長在台北的道地都市人，你可能在每日每日的生活行走間，隱隱約約感覺到台北一直在改變。有時是都市景觀的更新整容，有時是商業活動的汰舊換新，有時，可能你家隔壁的巷子居然成了不折不扣的「美麗大公園」入口。總之，台北是不大，相形於國際大都市如紐約、倫敦、巴黎等，台北真的是擁擠了點，狹窄了點，但是，任何符合世界潮流的新穎腳步，台北，可是充滿無限空間任其大張旗鼓，婀娜生姿呢！

　　只是，當居住在台北的人們，一心一意地巴望著這城市能夠配得上「亞太營運中心」這響噹噹、亮晃晃的金字招牌時，有多少珍貴的都市空間正在炫麗的前進號角聲中黯然失色，甚至被遺忘在歷史的角落，化為記憶的灰燼呢？

「39號」的前世今生

　　1920年，在臺灣總督府的建築師近藤十郎的設計規畫藍圖裡，台北市長安西路39號是「建成尋常小學校」；他希望這是

一南北座向的兩層樓建築，有紅磚、木造結構的硬體。是年開始動工。

1934年，完成U型校舍。

1940年，校舍完成，全部一共1,199坪，在當時台北的小學校中頗負盛名。

1945年10月25日，國民政治接收臺灣，月底成立台北市政府，次年，台北市府廳舍因臺灣省行政長官公署借用，遂遷入建成校舍，「建成小學」被迫廢校。

此後台北市長安西路39號，歷經省轄市十一任市長（1964年至1967年6月），院轄市九任市長（1967年7月至1994年9月）。1993年，黃大洲市長任內，經教育局、市府、建築師多次審議，決定該建物將於市府遷往新市政大樓後交由「建成國中」接管。以為該校因配合都市發展計畫，將原校址規畫為捷運交通用地而做為遷校之用。唯舊市府大樓中，鐘樓部分為歷史建物，應予保留，兩側建物則不見歷史性，得以拆除。

1994年12月，新任台北市陳水扁指示暫緩建成國中遷校計畫，擬將舊市府大樓規畫為文化的用途。在舊市府存廢、改建、整修空間的再生利用等方案上研議多時。

1995年終於定案，台北市長安西路39號正面建築將做為「第二美術館」使用；兩翼重建的部分，則做為建成國中的校舍，延續了日治時代「39號」的教育功能。

2000年8月，台北市文化局將第二美術館正式更名為「台北當代藝術館」，以當代藝術與數位藝術為發展重點。

台北市長安西路39號，「舊市府」與新建完成的「建成國中」，因為舊與新的巧妙融合，古蹟與學校的相依共存，使得這塊原本已然失落的都市空間，隨著2001年5月27日「台北當代藝

術館」的正式開幕，而注入一股嶄新的生命力。

　　台北市長安西路39號，因著市定古蹟的再活化再利用，台北人的記憶裡不止是一幕幕的「前世」，更是一磚一瓦的「今生」

人文地圖上的新地標

　　台北市文化局表示，「台北當代藝術館」的出現，創下了幾項「臺灣第一」今生故事；它是臺灣第一座由古蹟化身的美術館；它是臺灣第一個以「當代藝術」為定位的美術館；在未來的經營上，它也將是臺灣第一所公辦民營的美術館。

　　在紅磚木造的古蹟建築中參觀充滿未來感的當代藝術作品，木質窗櫺外是以建築語言互相輝映的建成國中嶄新校舍，藝術館予人「開放的」、「多元的」、「活力的」、「利眾的」印象；隨著時代的變遷充滿了「變化性」，而且可以是各種意見交流與溝通的場域，在在揭示了古蹟活化的「前瞻性」與「可塑性」。

　　「當代」的概念是流動的，不斷變化的瞬間存在，所以「台北當代藝術館」的開館展定名為「輕且重的震撼」，具有雙重意義取向：一為反映在當代藝術館局促的古蹟空間裡，期許以小搏大，超越時空的精神，發展為臺灣當代藝術的基地，並發揮其在臺灣及國際藝壇的影響力；二為有鑑於古蹟建物的重結構等問題，此次邀展的藝術家在作品材質的選擇上，均傾向於較輕盈、物質性較低的媒材，而作品的內涵卻是精確、豐富，甚至深刻而沈重的。

　　從此次開館展以「溝通」為宗旨，可以知道「台北當代藝術館」不只是一座新的藝術館，它期許自己也是與古蹟的歷史、社區的人文建立良好溝通的橋樑；同時透過藝術家邀請在地居民參

與創作，營造獨特的集體記憶。爾後則漸漸成為當代藝術界一個活絡的創意基地，進而開發為臺灣當代藝術的國際網路樞鈕。

　　台北市長安西路39號，不再只是失落的都市空間，它是當代藝術的「前世今生」。

一個卵生天才的夢想國度：
西班牙費格拉斯達利戲劇美術館

　　　　我是一個天才，我在母親的懷胎裡就意識到自己的存在。

　　達利的全名是薩爾瓦多・達利（Salvador Dali），1904
年5月11日誕生於西班牙東北部靠近法國邊界的小城費格拉斯
（Figueras）。

　　達利自小就是一個眼光炯炯而充滿好奇心的頑童，他曾在自
傳裡提到自己記得在母胎裡的生活，也曾說早早就能意識到自己
的存在；如果這樣驚世駭俗的言論是出自一個無名小卒的口中，
可是沒有人會給以正眼視之的。這個「超現實主義大師」，窮其
一生以藝術的方式，多元性的表現生命存在的深層意義。憑其對
戲劇的熱愛，達利涉足電影，為電影的拍攝投入心力，也曾加入
劇本寫作、舞台設計、服裝設計的創作行列。達利熟諳人性，知
道如何才能引起世人對其藝術創作的注意——1936年在倫敦為
「國際超現實主義大展」所舉辦的一場演講中，因為要具體說明
他表達潛意識的苦心，特地穿著潛水衣上台，結果幾乎窒息而
亡。同伴們為了解救他，不惜把潛水衣扯破，並用重鐵鎚敲開頭
盔，才使其在即將悶死之前，及時吐出一口氣。

　　這樣一個人生和藝術均呈現爭議性發展的「假面瘋子」，容
易讓人以為他只是一個愛出風頭的拜金主義者。事實上，做為一
個藝術家，達利不諱言自己喜歡世俗的熱鬧與豪華的排場；但在
本位的繪畫創作上，卻幾乎以聖徒般的虔誠全力以赴。尤其是他

對愛情的執著，更讓人看到一個藝術家雋永可貴的情操。

　　卡拉，這位比達利年長十一歲的女性，是他的戀人、妻子、母親、模特兒兼事業總管；她的影像時常出現在達利的藝術作品裡，成為其一生的「繆斯」。直到七十八歲高齡，達利仍熱情不減地歌頌卡拉，畫出了《卡拉和羅馬的三個絕妙的謎》，這件作品完成不久，卡拉溘然長逝，達利從此也失去創作動機，步入了生命的末途。

　　縱觀達利多采多姿的一生，留下了質與量俱異常可觀的作品，沒有足夠熱情與赤子之心為能源，如何得以燃燒生命，至死方休呢？

　　藝術家達利曾說過：「不管文化革命通往何處，夢想依然會滋長茁壯。」當然，說這話時，他還活在這滾滾俗世，他的藝術夢想正隨著身體靈魂滋長茁壯，從他對藝術的狂熱付出可以證實此言不虛。1989年1月23日達利辭世，留下近一千兩百幅畫作，數千張素描及雕塑巨作；天才的結晶在幽幽的時空中透視著芸芸眾生，終於證明了達利雖死，他的藝術夢想卻超越生死，昂揚挺立，接續傳承的新苗。

「夢」上演的地方

　　達利出生於西班牙的費格拉斯，這座西班牙東北海濱的小城，離巴塞隆納約二小時車程，是一個對達利的藝術生命極為重要的地方：山丘、港灣、沙灘與微波盪漾的海面……總是不時地出現在達利的「夢」中。而來到費格拉斯的達利戲劇美術館（Teatre-Museu Dali），就會覺得自己果真正在欣賞著一場又一場「夢」的表演。

美術館位於城中心一座古老的建築物裡，這棟建築從前是歌劇院，西班牙內戰時，一顆炸彈正中而下，毀去了屋頂，達利就在中空的四壁上方，加蓋了一個由曲形鋼筋架成的龐大圓形玻璃頂，因而誕生了「達利戲劇美術館」。

垂掛在橄欖樹上的乳酪點心

達利最喜歡的造型就是「圓」，他認為圓是絕對一統的象徵，所以美術館的圓形屋頂，便代表了他心目中的「王朝」。

光看屋頂的設計，便能明瞭達利將古老的歌劇院視為自己藝術夢想的具象化，取名為「戲劇美術館」，就是因為這個美術館的陳列與布置，相當戲劇化地展示了他多方面的興趣與創作；除了油畫、素描、版畫外，還有雕塑、攝影、時裝設計、珠寶設計、室內設計、庭院設計及其他充滿創意的作品。他總是以創新和實驗的手法，藉著創作挑戰人們的視覺，讓看似必然的事物經由再創而產生嶄新的意義。觀者會發現：以往的自己實在太相信感官的記憶了——時間可以如此柔軟地垂掛在橄欖樹上，像一道軟啪啪的乳酪點心；當維納斯美麗零缺點的同體和長頸鹿的軀體巧妙結合，絕對讓人被如此荒謬的美感震撼不已。

卡拉美麗的身影成了林肯先生的頭像？

宇宙中浮動著萬物不可知與神秘的本質，建築師完成於空間之中，音樂家捕捉於時光之流的剎那，而詩人藉著文字的意象組合，使時間和空間如阡陌縱橫般交錯其中，留住永恆。達利的創作原則，則是善用超現實主義者所崇信的「結合本質上完全不

相干的事物於一陌生的層面」，產生詩性般的荒謬與夢境般迷離
又真實的奇妙美感；這種神秘的氣質，充分彌漫在他設計完成的
「戲劇美術館」內。敏銳易感的心靈，是開啟達利夢境的鑰匙。
如果觀者只是走馬看花地瀏覽這些作品，那麼他那令人眩目的創
作技法或許已能滿足你仰慕名人的好奇心，但畢竟也只是在這夢
境邊緣徘徊觀望罷了。許多未完成的作品看似冷冷地注視著你，
其實藝術家更希望你也能參與其中，運用個人的想像，投入他的
夢境，然後成功地穿越夢想世界，進入生命的真實空間，到達永
恆的國度。

　　例如一幅位於美術館中央大廳的巨幅油畫，近看像是達利一
生摯愛的太太卡拉正在看著大海的模樣，然而當你自信滿滿繼續
往樓上參觀，不經意回頭時，怎麼卡拉美麗的身影成了林肯先生
的頭像？這就是達利，透過積極與偏執的想像程序，將複雜混沌
的幻象系統化，呈現均勻擴張的效果，創造出多重角色交織變化
的造型意境，令觀者在戲劇化的情節連環緊扣下，目不暇給。

即使軀體已死，仍然充滿赤子之心

　　達利說：繪畫是一種用手與顏色捕捉想像世界與非合理性的
具體事務之攝影。所以來到達利的世界，尚開想像的羽翼，如同
走進一個既真且假的世界，寂寞空洞的夢境，卻可能是由許多熱
鬧華麗的個體所架構而成的。閉上眼睛仔細回顧他所留存在心中
的印象，將會比睜著明亮的大眼盯著畫面來得更具體、更強烈。

　　這就是達利，一個具有戲劇性生命的天才；即使軀體已死，
仍然充滿赤子之心，留在世間貼著人們打造夢想的天堂。

坐看觀音夕照，百歲「紅樓」重現風華

老街上的「紅樓」，凝視著淡水百年盛衰。

如今，她不只是古蹟，

更是充滿生命力的實體；將和夕陽、舢舨，一同重塑淡水

獨特的呼吸……。

台北車站搭乘捷運，大約三十分鐘，就可以抵達淡水。在
地人口中的「老街」，已經趕上了都市休閒的人潮和車潮，變成
寬廣筆直的商店街，讓一波又一波從繁華熱鬧中突圍而出的都市
佬，再度陷入另一波繁華熱鬧中。

兩包魚酥、兩碗魚丸，和大夥兒一起擠在渡船頭等著渡輪慢
慢駛進港口；天氣不錯，應該可以看到淡水的夕陽……。

難道，淡水就是這樣的便利與市儈？

不再是百年傳說的「紅樓美景」

曾幾何時，隨著社會現代化的腳步，淡水忘記了自己曾有的
璀璨亮麗；許多伴隨淡水人集體記憶的建築，也隨之埋入土堆，
變成商人口袋裡的鈔票。

然而，只要提到「紅樓」——興建於西元一八九九年的西式
洋樓，淡水人的表情就會變鮮明；因為，所有的記憶都是以「紅
樓」為背景，對其投注的關注與喜愛自然無庸置疑。這樣建築曾

數度易主，歷經殘破荒廢的命運也有十年的青春；不僅「紅樓」主人時時思索著她的未來，就連淡水本地的居民，也殷切期待她「重出江湖」。

隨著西元二〇〇〇年、千禧年的降臨，一百〇一歲的紅樓，經過許多專心精心修復，以全新的容貌躍入紅塵。由老街渡船頭的人潮中遁入對面小巷，沿石階而上，短短一段上坡路之後驀然回首，淡水海口、市街人潮，已因丘陵地形的高度驟升而一覽無遺，老畫家筆下的「紅樓美景」終於不再是百年傳說。

宜古宜今、宜中宜西

庭院內的小池澄淨無波，映照著「紅樓」的卓然風姿；歷經時間的蛻變，她卻依然安靜而質樸，彷彿對著每個到訪的遊人訴說：「我已在荒煙蔓草中佇立了十年，不怕再等下去。」昔日的富商巨賈、文人雅士，今日慕名而來的饕客或有心人──「紅樓」的一磚一瓦，仍在此靜候。

入口處，唭哩岸石堆砌的石壁，令人有置身西洋古堡的驚，喜在如此宜古宜今、宜中宜西的氣氛下用餐，不但是獨特的經驗，同時使人有機會進一步了解「紅樓」的歷史。在去年三月屋主開始動工修補之前，「紅樓」的外觀仍是以淺黃色水泥砂漿粉平，所以在一九六〇到一九九〇年之間，「紅樓」其實是被稱作「黃樓」的，在一磚一磚小心地敲去砂漿後，才得以重現其紅磚面貌。

二樓承續了三廳式的建築形式，業主將偌大的空間規畫為藝文中心，除了有計畫的整理淡水當地的歷史人文風貌之外，也將開闢一間會議廳或演講廳，讓淡水地區有一處交換藝文心得的開

放空間，目前仍在積極籌備中。

而三樓咖啡廳則有讓人噤聲的美景——在這個絕佳的觀景點，能俯瞰淡水出海口直至關渡大橋的全景；不論白天或夜晚，海天一色的景致與燈火閃爍的風情同樣盪人心弦。簡單而素雅的裝潢，似乎默默暗示著：樓外的山光水色，最是耐人尋味。啜飲一杯香醇咖啡，品嚐各式精緻點心，可以享受當下的優閒時光，也可以著天色的轉換，在這兒追憶逝水年華。

重塑淡水獨等的呼吸

老街上的「紅樓」，凝視著淡水百年盛衰，無論外在環境起落浮沉，她一直都在，在淡水人身邊，從未遠離。新生的她，不只是古蹟，更是充滿生命力的實體；將和河口的夕陽、片片舢舨，同心協力重塑淡水獨等的呼吸。下次來到淡水，除了手拎兩包魚酥，擠擠人潮懷古，別忘了到這裡啜飲一杯咖啡香，品味一棟百年建物的歷史風華。

鏡花水月盡在玻璃中
——琉園水晶博物館

> 琉園，想讓文化中精緻的感覺留下來，由時間揀選出好東
> 西；久了之後，自然會成為這塊土地的文化現象——精緻
> 的、有創意的。

如果你曾經遊歷過歐洲各大城市，參觀風格獨具的建築，一定是行程中不可或缺的安排；歌德式教堂充滿炫惑迷離光影的鑲嵌玻璃，相信那是你第一次發現：天堂就在不遠的前方。如果你不曾出過國，逛夜市應該總是常有的吧！老師傅接絲玻璃或吹製玻璃的現場示範，讓一隻隻的鳳凰、孔雀等珍奇異獸，就在你面前栩栩如生地跳出來。

穿越時空，呈現實、空的生命原象

你不見得會興起掏錢購買的念頭，但是，你不得不承認：玻璃，這生活軌跡中無所不在的物質，早已佇立在生活與藝術的空間，藉由陰陽的光影折射變化，默默地傳達思想感情，讓你不知不覺地置身在光影交織的舞台上，讓每一個眼神，牽引著玻璃情事的發展。

玻璃透過光與影，穿越古代和現代的時空，呈現實、空的生命原象。

你不見得會興起掏錢購買的念頭，但是，你不得不承認：玻

璃，這生活軌跡中無所不在的物質，早已佇立在生活與藝術的空間，藉由陰陽的光影折射變化，默默地傳達思想感情，讓你不知不覺地置身在光影交織的舞台上，讓每一個眼神，牽引著玻璃情事的發展。

玻璃透過光與影，穿越古代和現代的時空，呈現宇宙自洪荒以來「實」與「空」相互交替的生命原象。

「實」是玻璃清澈的形式，是你我確實存在時空的軌跡；「空」則是玻璃舞動的意象，是生命意念遺留的痕跡，這種一體兩面的解讀，正是玻璃令人神往和迷戀之處。而「琉園」，就是一個隱藏在紅塵俗世真相的「水晶夢」。

巧遇一方玻璃紙鎮

一九八七年王俠軍到美國底特律學習玻璃技藝──經過三年多的沈思與取捨之後。

在臺灣玻璃工業隨著整體產業結構的變遷而逐漸式微的同時，王俠軍毅然決然放下最愛的電影事業，單槍匹馬地將對玻璃的熱情在枉命中一一付諸實現。學成回國後，成立了臺灣第一個玻璃工作室，並開始研發傳授創作技巧；一九九四年成立「琉園」──王俠軍水晶玻璃工作室，傾全力投入玻璃藝術教育的推廣。

「然而，我與玻璃的巧遇，只是起緣於家裡的一方玻璃紙鎮。」說起自己與玻璃相遇的故事，他眼神中所閃爍的光芒，彷彿像是昨天才燃起的火花般新鮮、熱情。

留下文化中的精緻

　　王俠軍說：「像這次在琉園水晶博物館展出的戰國時代玻璃珠飾品那樣『細緻』的工藝品，代表著當時生活美感的細緻質地；這種美妙的生活美學，一直到清朝的『鼻煙壺』，還傳達了中國這塊土地獨特於世界的玻璃文化。可是，現在為什麼願意投身於『玻璃』工業的人愈來愈少呢？」他認為，就是因為一句古老的中國格言——慢工出細活；願意默默奉行的人逐漸老去，年輕人則嫌玻璃的創作太慢——往往因為一個完美的弧度，藝術家得慢慢地磨，可能一磨就是三、五個月，只是為了心中對玻璃材質的美感執著。

　　所以，樸實寧靜的創作心靈，才能傳達出樸實寧靜的玻璃氣質。為了追求這種經得起時間拉扯、等待與時間抗衡，甚至超越時間的創作心靈，王俠軍表示：「琉園，就是想讓文化中精緻的感覺留下來，由時間揀選出好東西，久了之後，就會成為好的文化現象。」

誰說寂寞傷人？

　　熱切的眼神，傳達了同樣樸實寧靜的琉園氣質。「琉園走久了之後，也就自然會成為這塊土地的文化現象——精緻的、有創意的。」如此悠長深刻的話語在耳畔縈繞。而咖啡館外一叢叢的葫蘆竹，則因風的無心，吹散了方池間的倒影。光與影子的遊戲，很寂寞的。

　　「就是喜歡寂寞，也怕寂寞，所以看到了玻璃好的一面，

更深切感受到不能只是一個人走這麼長遠的路。所以，我在成立工作室之初，便以建立一座『水晶博物館』為目標，讓更多人能因為認識玻璃的材質，而了解玻璃的美好遠景。所以，博物館在一九九九年九月九日開幕，我們便是以『藝術、文化、教育、傳承』的角度切入，讓玻璃藝術能藉由博物館的成立，而生根立基，成長茁壯。」

　　誰說寂寞是傷人的玩意兒？王俠軍就是深知寂寞的必要，而能將寂寞定位在提攜後進的原動力上，這份用心，著實讓古今中外的寂寞行者，不再寂寞。

從寂寞的空間請出玻璃來

　　所以，走進琉園水晶博物館，沿著參觀路線細細領略玻璃之美，便能感受到琉園的誠意與用心。從入口處的中西玻璃藝術史介紹，冷熱工各種溫度的創作技巧說明與玻璃藝術品的技巧對照；特別是國際藝廊的規畫，讓臺灣玻璃藝術能與國際交流，甚至同步……。都是有意將玻璃從寂寞的製造空間中請出來，與民眾的生活進行對話，以達到玻璃創作推廣的定位。

　　在琉園，自在流動的仍是一縷縷悠長的中國風格，這也是王俠軍創作玻璃藝術時一直追尋的課題；就像整個琉園的外觀，初初見時，第一印象只是簡樸流利的建築型態，待靜坐在「水晶主題咖啡館」裡，隔著落地玻璃細細觀賞，一個個隱含在建築細節的中國符號便歡喜躍出。三合院式的廠房，將北投的陽光山色整個環抱；一方澄淨的池。自在地與素雅的木橋形成有趣的對話。

傳說，在光與影的邂逅間

種種相映成趣的美感經驗，展現了琉園的精緻與品味。

也因為處處留著思考與反省的空間，王俠軍對琉園的經營呈現出深沈的規畫。他讓願意投入的夥伴能真心誠意地面對材質、面對創作，設計各式成長學習的課程，豐富夥伴們的思考方式與內容，使創作的角度能跳脫制式與框圍；於是，書法、素描、電影、藝術，甚至公關、新聞等，都成為琉園工作夥伴的必修課程。另一方面，夥伴們還有前往國外觀摩、受訓的機會，透過經驗的逐漸累積，建立起屬於中國風格的玻璃工藝，未來將在國際舞台上占有一席之地。

王俠軍說，每個玻璃藝品都在完成的當下仍繼續上演自己的故事。隨著光影的跳動，讓自己獨立成一座舞台；從不同的角度去欣賞，每個欣賞者，都會到屬於自己的世界。

臨走前，我突然想傳說中的「秘密花園」，雖然早已因訴諸文字與電影而成為具象，但，就在驀然回首的剎那，眼前這一處令人驚豔的玻璃花園，是不是正告訴我：傳說，永遠只在光與影的邂逅間？

坐擁滿山楓紅，聆聽秋水日潺潺
——「平等里」的「次男花圃」，邀你來偷閒

> 值深秋槭葉換上新裝的此刻，平等里的氣息是浪漫而動人
> 的，就等有心人暫避塵網，前來尋幽訪靜、一親芳澤。

陽明山，每到假日必定讓城市中人想逃去的所在；從嘶殺叫
嚷的軀殼中抽身而出，許多人不懼塞車之苦，也要死命堅持地從
山下一路蝸行而上。然後，到了目的地，在前山公園買零食、棉
花糖、看山、賞花，以為這就是陽明山。

其實，真正的陽明山當然不僅止於遊人如織的前山公園，除
了一路滿滿的人煙之外，沿著景色宜人的山路繼續爬行，將會歷
經一趟精采動人的生態之旅。

發現新的平等里

陽明山國家公園資源豐富，其中，平等里的各條步道，不但
走來輕鬆，還有更多自然、人文的邂逅——除了看到蝙蝠、螢火
蟲、蝴蝶、樹蛙等動物，體驗生態旅遊的樂趣，也可以在步行需
要落腳的同時，尋得一處處富有人文氣息的世外桃源。

等平等里和菁山里喝茶聊天，是近幾年台北地區新興的休閒
風潮。讓人「喝茶兼看風景」的小店，成為「發現新的平等里」
的最佳橋樑；只要花一點點錢，到店裡點杯咖啡或茗茶，任何日
子，無論晴雨，都能自在地擁有一顆好心情。

一處值得四季造訪的所在

平等里步道附近有許多相思樹，每到了六月左右相思樹開花，金黃如軟絮的色澤灑滿整片山坡，讓人充盈著可以是浪漫，也可以是壯觀的想像。還有那一片如煙似霧的楓樹林子，在三至五月間，春日將臨，青嫩欲滴的枝芽，迎風擺動，向人們召喚著大地的脈動。

而秋冬亦有可觀處，當寒風吹過心頭，時有一抹紅豔獨占山頭，贏得遠觀者聲聲驚歎，那是登山旅者詩情畫意的賞玩。

這些風情萬種的自然美景，相信即使是再忙碌、再市儈的人也會忍不住駐足欣賞、翹首以待；或許忙於生活作息無法一次遍賞所有山光水色，然而，就在陽明山衛星電台旁，有一處好所在，值得春夏秋冬、一年四季都到此造訪。

在「次男花園」偷閒喝咖啡

面積共達一甲，迄今已有三十多年歷史的「次男花圃」，位在菁山橋邊，源自七星山麓的溪流，從它身旁潺潺流過。花圃原本專門從事庭園用樹的栽植、批發、零售，園內樹種以日本黑松、楓樹最為出名；春、夏之交，則有高山遍野的紅楓奇景，令遊客紛紛慕名而至，甚且還因此獲得了「小奧萬大」的美稱。現任園主最近在園內開闢了一處面積大約八十坪的歐式庭園咖啡區，取名為「偷閒咖啡」，雖然只有十幾個座位，仍吸引不少愛好自然的有心人士前往品賞山水美景。

園主鄭正國，不但擁有台大農工學士學位，幾年前還遠赴美

國愛荷華州立大學深造，取得環境工程碩士學位。個性內向的鄭正國說，自美返台後，曾經從事土木工程規畫設計的工作，年前因父親年事漸長，加上自小對園藝工作耳濡目染，於是在和妻子商量後，便毅然投入苗圃經營。

鄭正國為闢設賞楓咖啡區，除與弟弟鄭正信親手規畫、整地、釘製造景工程外，兩兄弟還分頭到咖啡餐飲補習班學藝，學習如何烘烤美味的西點，調製好喝的咖啡、午茶等飲品。當遊客傾聽溪水潺湲、眼觀鳳蝶翩舞的同時，還能品嘗到店主自製有成的食品。

坐擁瑰麗的自然

店主畢竟是有心人，所以只要遇到同是有心者，便能欣賞出店主的巧心。隨著季節的遞嬗，鄭正國會適時地更換花園的造景，將花木作巧妙的栽植；在不同的時節，皆有耳目一新的美景供留連。於是，在美妙的氣氛中，映入眼簾的，將是春、夏的紅楓、三色菫、彩葉草、鳳仙、杜鵑，秋、冬的槭樹、松、柏、梅、櫻花……。每回登臨此地，便是又一次地坐擁了大自然瑰麗珍貴的資產，然後，啜一口咖啡，安靜而獨自地俯視溪間倒影，洗滌塵念，再整裝下山。那重回城市的身影，將不再是孜孜矻矻的、只圖溫飽的苦命漢了。

正值深秋槭葉換上新裝的此刻，平等里的氣息是浪漫而動人的，就等有人暫避塵網，前來尋幽訪靜、一親芳澤。

我們都是一家人：
「唭哩岸」餐廳正在說故事

　　白花花的大熱天。好想好想喝一杯冰沙咖啡。一個轉角就適時的出現一間美式咖啡館，感謝它滿足了我的口腹之慾。

　　以極為幸福的眼神遠望溽暑的街道，蒸發而上的熱氣，突然地，就如此無聲無息，在我的眼前將這個文明的城市幻化成一座海市蜃樓。只有一部運轉遲緩的電動車從其中真真實實的經過，上面坐著一位雙手嚴重萎縮的老人，他靠著自己的口控制車的開關，車前的口香糖排列得整整齊齊。

　　這就是午後的台北，這也是午後的石牌。

　　許多人因為這個城市而得以維生，也有許多人因為這個城市，而得以實現他們的夢想。成功，彷彿在這個城市隨處可見，不是成功易得，而只是因為它耀眼。有多少艱難的努力，多少無望的夜晚在看不見的角落隱隱啜泣，這個城市看不到，因為它的腳步實在太快太快了。快到來不及品味努力的過程，給我成績，其餘免談。

快到看不見自己

　　洋餐飲從天母的山上隨著人們的口腹深度向山下延伸。吐司麵包、咖啡牛奶、可樂起士，那就是外來的文化。非常方便取得的溫飽，所以商機無限地擴展，快速的程度真是令人嘆為觀止。只是在聽著外來音樂，嚼著西洋餐飲的同時，身為海島子民的血

液裡，總有些無法吶喊的空虛。

於是，我走出了石牌路的大街，眼前一家店圍繞著一排排深穩厚實的枕木，正發出如遠山的召喚。

白花花的陽光直直地又跑到眼前跳舞，我是漢人，我是唐山子民，我生在台北，剛從新加坡回來，常吃西式餐飲，這招喚對我而言，仍是多麼地陌生呀！門口有一雙明亮的鷹眼直射而來，是撒可努，我知道。這個「哖哩岸」藝文空間的主人。

當我趨上前說明了來意，直覺告訴我，他早已厭倦了媒體的窺視。又是來挖掘採訪素材的自大狂，他心裡一定正在說著這樣的話。可是，他仍然是笑容親切的招呼我進去坐，讓我可以暫時地免除尷尬的危機。

撒可努後來並沒有隨著我這個自大狂嫌疑犯進來，漂亮可人的老婆阿真說，中午吃飽了之後，撒可努又要回到隔壁的保一總隊上班了。警察是他的職業，排灣族是他的信仰，「哖哩岸」是他在這個城市棲身落腳的點。

就把我當作一般的客人吧！阿真，你們這兒可有什麼招牌食物呢？中午到了我可要好好地飽餐一頓。阿真笑了笑說，以往媒體來做採訪，我們都是誠心的介紹餐點，希望能覓到知音。遇到自以為是的人我們就介紹五道菜：看「到」、聽「到」、知「道」、感覺「到」、體會「到」。一般的餐廳可是只有吃「到」哦！請問小姐你是要點哪一道菜呢？

真的當我捲起疲憊的雙腳坐在地板上，靜下心來融入這個空間時，我知道這絕不是一個商業取向的餐廳連招牌也是小的自信、小的毫不起眼。雙腳踏在厚實的原木地板，那格格作響的聲音，也是千萬不能忽略的。仔細聽聽看，和一般高級原木地板還真是不同。幾乎每塊木板之間的接縫並不整齊，似乎裡頭還藏著

這一店的秘密吧？「這踩在腳下的地板，可是我和SAKINU到廢棄的日式宿舍去拆回來的。原來這些都是房子的樑柱，荒廢在那兒多可惜呀，還不如讓資源作再用。一卡車一卡車的搬回來後，就靠自己一塊塊的鋸，再一一的釘成現在的模樣。」阿真以腳當手愛憐的撫摸著腳下的生命。

就連家具桌椅書櫃燈罩都是夫妻倆的傑作呢！「這些都是我們去海邊找回的漂流木作成的。你看店門外那一排排的木板是什麼？」，哇！我這土包子可真沒一點頭緒，「是枕木，鐵路局廢棄不用的鐵道枕木，板上面一個個的洞就是昔日打上大鐵釘的痕跡。那枯朽腐壞的木質，就是初初搬來時的模樣。」阿真，一個1972年出生的年輕女子，卻有著懷舊惜物的情懷，實在是極為難能可貴的。不是嗎？

難怪一踏入「唭哩岸」，就能感覺「到」身心正不自覺的舒緩了下來，默默地感受著四面而來的神秘力量。一件件大型木雕倚牆而立，居高俯視著人來人往。阿真說，排灣族是個熱愛藝術的族群，雕刻是族人日常的消遣，小若孩子的玩具，大若實用的門板壁飾，都來自族人一刀一斧的雕刻，彷彿每一個人都是天生的藝術家。呵不！應該說，「藝術」這兩個字根本就不存在於族人的語彙中。因為他們的生活本身：就是天然美感的表現。

「生意人不懂得『美』，只知道不停地複製、抄襲別人的作品，還將國外的、或大陸的工藝品作廉價的製造，大量傾銷進國內的市場，打擊我們原住民的工藝品。妳知道嗎？陶壺是排灣族頭目家族權勢財富的象徵；色彩豐富的古琉璃珠，是男女老少都珍愛的珠寶；至於籐編、竹編、月桃席的製作，在部落裡更是隨處可見。傳統的原住民手工藝，每一件都是絕無僅有、無法再複製的珍貴寶物，怎麼能任意輕忽它、讓它失傳呢？阿真憐惜地撫

弄著身邊的木雕作品，身後似乎揹負著看不見的文化使命。

「哦哩岸」會說故事，正在扮演著故事，甚至它正在編寫著故事。

阿真說，這家店開了已經四年。開張當初，他們堅持店裡供應的飲食來源都必須來自太麻里山上，所以他們常常開著車，回台東老家去準備食物。往往運送費時，儲存保鮮的時間也極為有限。最近他們決定再出發，將餐點的內容調整得更具包容性，還能兼顧到原住民餐飲的特色。例如：鹿肉串烤飯、山豬炭烤飯、烤虱目魚等等。邊吃邊酌上一杯原味小米酒，或是特調小米酒，這滋味真是會舒暢到腳底，忍不住想把鞋子都給脫掉呢！

現在的我，就正在大杯喝酒，大口吃肉，暢快無比呢！

撒可努在他寫的《山豬‧飛鼠‧撒可努》一書中寫道：「小米酒的醉，是乾淨的醉，醉得很勇敢，像獵人一樣敏銳靈活；醉得像長老一樣理智；醉的像山的小孩那般可愛。」只是時代變了，阿真說，許多族人已經不再種植小米了。撒可努的父親也因信仰基督教，而不再喝酒。當然不需要再釀小米酒。為了請父親教授釀酒的技術，他們夫妻倆可是說破了嘴，才終於得到父親的首肯。現在他們已能釀得又香又甜的小米酒了，而不是喝那些會讓家庭、身體、靈魂侵蝕的公賣局牌的酒。

「誰說原住民只是雛妓的代名詞！我們希望每個族人能認同自己的文化，並以自己的族群為信。將眼光放得更遠，而不是只會作作模版工、作一天算一天的。」

當阿真說著這段話時，聲音彷彿不只是從她口中發出，連牆上一個個活靈活現的木雕也在吶喊著。

這兒真是一個很豐富的空間，不論是文化、飲食、或是感情，都在此處作了很自然的融合。喝著特調小米酒，口中滾動著

細細的冰砂和微酸的石榴味，原來小米酒也可以有如此滋味呀！

　　赤著腳的阿真，在臨走前為我唱了一首歌：「我們都是一家人」。

　　　　你的家鄉在那魯灣，

　　　　我的家鄉在那魯灣，

　　　　從前的時候是一家人，

　　　　現在還是一家人。

　　　　手牽著手、肩並著肩，

　　　　輕輕唱出我們的歌聲。

　　　　團結起來、相親相愛，

　　　　因為我們都是一家人，

　　　　現在還是一家人。

　　她說，她的雙腳也是很有感情、很會猜拳的呵！下次你若來到「唭哩岸」可別忘了和阿真猜個腳拳吧！

一瓶福菜的家族味緒
——鹿寮坑羅屋舌尖上的鄉愁

　　曾任華科科技股份有限公司負責人，現為客家文史工作者的羅錦福，因為自小受到母親客家精神的影響，退休後決定繼續回到交大客家學院學習，以研究客家文化為志業，冀望能以國際視野凸顯客家文化，提升文化價值。「我也是橫山論壇的創始會員之一，從學習文化開始，將人力資源一一整合，利用不同人才，帶動產業在地化，才能走向國際，最終目的就是傳承客家文化。」現居竹北的羅錦福，時常回到九讚頭（橫山舊名）老家陪母親種菜，「我的父親已九十多歲，每天到廟口和朋友聊天，母親則是每天早上六點半出門搭新竹客運到芎林鄉鹿寮坑石吼橋站下車，慇勤照顧她的菜園，今年冬天又有一瓶瓶的福菜可以分送給親友鄰居了！」此刻羅錦福的車子裡正放著一首首的老歌，有點懷舊味的空氣裡，飄著淡淡的時間味緒，愈陳愈香。

　　「我旅居加拿大的女兒日前還問起我，家裡的那罐福菜快吃完了，怎麼辦？」羅錦福話語之間充滿著止不住的牽繫之情，「從小，母親就教我們兒女醃福菜，將福菜如何塞進瓶子裡，為了方便帶走或送人。我也教女兒，她雖然現在已經是加拿大皇家銀行的分行經理了，還是念念不忘家鄉福菜的味緒！」車子即將駛進羅錦福父母親現居的家，不遠處即見穿著樸素的羅媽媽站在巷口，羅錦福還是將車停好，下車幫母親的提籃拿著，還招呼我們看看羅媽媽壓著大石頭的福菜甕，「從福菜的製作淬鍊出我們家族至深情感的連結。」羅錦福牽起母親的手說。

羅媽媽雖然已經高壽八十七歲，但每天必會前往菜園，施肥、收成或是除草之事皆事必躬親，「我母親是非常典型的客家女性，具有客家婦女四頭四尾（田頭地尾，家頭教尾，灶頭鍋尾，針頭線尾）傳統精神外，種菜是我母親的專長，」羅錦福看著自己的母親在菜園子裡走來走去，指著菜園還稚嫩的芥菜，告訴我們十二月才是芥菜的收成期，現在吃的福菜都是去年冬天收成的，「記得小時候我們兄弟姊妹就要幫忙媽媽製作鹹菜，為了讓土地更有效率運用，展現客家人勤儉的精神，在秋收之後的稻田上，客家人都會開始種植芥菜，年長較有體力的姊姊們就幫忙採收田裡成熟的芥菜（也稱大菜），並挑到禾埕上太陽曬，將芥菜內的水分經過太陽照射後，去除部分水分也使芥菜軟化，之後母親會以她一向嚴謹的工作態度，非常仔細把一把把芥菜清理的乾乾淨淨，並且一絲不苟的把芥菜一葉葉的抹上鹽巴，然後堆疊在屋簷石階上，接下來就是更小小孩的我跟我哥跟我還有我堂弟三個人的工作，也就是在一層層堆疊的芥菜上踩，讓芥菜與鹽巴完全融合接觸，使芥菜細胞組織的質壁分離，造成細胞死亡。因此，圍繞在細胞周圍的組織會變得鬆弛，芥菜就會因此變得柔軟。」

　　談起製作福菜的過程，羅錦福還特別從倉庫裡拿出去年醃製的福菜罐，打開瓶罐的那一剎那，一股濃醇的福菜香撲鼻而來，頓時空氣中充滿著一群孩子的嬉鬧聲，「我們三個調皮的小男孩總是在嘻笑怒罵下完成這年冬季的踩鹹菜製作過程，接下來把踩過的芥菜一棵棵堆疊在醃缸裡，加入些許清水，然後最上面放置一到兩個夠重又穩的石頭，稍施加壓力芥菜就會整個浸泡在釋出的水分裡，經過數日之後，壓出的液體有股鹹味帶點甘醇的獨特

風味，一棵棵芥菜就被轉化成金黃色的鹹菜了。」

羅媽媽怕我們不了解醃好的福菜是如何準確又紮實的塞進瓶子裡，還特別和兒子一起為我們示範。羅錦福拿著一根木棍，非常仔細地將一顆福菜慢慢壓進瓶子裡，「做了這麼多鹹菜，在一個冬天是吃不完的，為了能將這麼獨特風味的鹹菜繼續保存下來，在明年芥菜出產前還有得吃，母親會把醃好的鹹菜撈出來，一棵棵像晾衣服一樣，整齊掛在竹竿上，經過一兩天太陽光底下曬，只將表面水分濾乾，仍然保留鹹菜本身些許水分。這時母親就會將準備好洗淨晾乾的空瓶罐，以及堅實有曲度的木棒拿出來，呼喚大姊二姊們幫忙將濾乾的鹹菜，一葉葉擠在空罐子裡，因為這是一份需要用心、細心及耐心的工作，也只有大姊姊們在母親訓練下才能勝任。因為擠的時候需要徐徐的使出內力，將曬過的鹹菜再次擠出水分，而且要將鹹菜擠在瓶子內緊密結合，不能有空隙，因為有空隙就會殘留空氣，會使鹹菜內部氧化產生細菌而壞掉。我跟哥就負責將曬過的鹹菜一葉葉撕下來，傳遞給大姊姊們擠鹹菜，因為我們算是大家族，小時候要擠二三十罐鹹菜，也是非常費時的，記得都是在傍晚時分擠鹹菜，大姊姊們都在擠鹹菜，我們這群比較小的孩子除了傳遞輕鬆工作，就只會敲敲打打著瓶子，配合著姊姊們哼唱著五〇年代當時流行的歌，一直唱到太陽下山，鹹菜也擠得差不多了，我們大家才一起將擠好的一罐罐鹹菜，拿到崁下豬欄隔壁那間儲藏室（最早是牛欄），把一罐罐擠好的鹹菜倒覆過來放置，這樣放主要是要將擠出來的水分充分濾乾淨，這樣才能保存得久，這也是日後被稱為『覆菜』的原因，『福』因為與『覆』的音相近，福字有著幸運、豐收的意義，因此日後被稱為福菜。」還正納悶著填充如此厚實的福菜是如何取出時，羅錦福拿出一根長長的粗鐵絲，原來這就是

鉤出瓶裡福菜的祕訣。

　　「還記得小時候媽媽每天清晨四點就到下屋（石吼橋路口鄰居養豬人家）挑水肥，挑到山上我家菜園澆肥，而且總要挑個好幾趟，澆完菜還要煮大鍋菜給我們一家大小早餐，媽媽今天的駝背，就是歲月累積的傷痕。如果孝順能讓這道痕跡淡化，如果孝順可以讓媽媽快快樂樂的將其優美的客家傳統美德傳承給我及我的家人，『孝順』就是我能為客家文化傳承的最基本精神。」羅媽媽微笑地看著自己的兒子，一旁穿著兒子送的襯衫的羅爸爸，則堅持自己要從菜園走到山上的老家。

　　到了山上的老家，羅錦福堂弟為我們準備了自製的客家點心「南瓜粄」，不僅爽口，更是暖心。「還記得小時候，每當天黑了，邊間廚房燈火微亮，從遠處傳來媽媽使喚小妹添加柴火及炒菜的聲音，還有大鍋炒出來的菜香味，聽著阿公喊著『趕快去洗手，馬上要吃晚餐囉』的聲音，以及孩提時擠福菜的辛苦，如今都化為一幕幕快樂的童年記憶，以時間烹煮成客家生活最道地的味緒。」走在老家的魚池邊，羅錦福充滿著感恩的心意娓娓道來。

　　不知遠在加拿大的羅錦福千金何時能如願吃到從家鄉寄來的福菜？一瓶瓶的福菜本是因著客家人是一個移民遷徙的族群，食物除了希望能保存下來，還要能攜帶方便，因此或將鹹菜醃製，或曬乾，再把曬乾的鹹菜捲成一捲捲易於攜帶，就是現在所稱的梅干菜。雖然羅家親人散居各地，但是一瓶瓶以時間、土地和親情醃製的福菜將彼此心意緊密牽繫著，一如他們對這塊山窩土地的愛，春耕夏耘秋收冬藏，跪拜除草，起立收割，共同形成既雋永又豐富的客家家族味緒。

耕讀傳家，日常人情
——橫山潁川堂常民午宴

　　走進潁川堂，義民爺前，一桌豐盛佳肴已備妥。一旁客家鹹湯圓先請大家歇息暖胃。

　　台三線青年作家陳聖元將於十一月十日入伍國民義務役，十一月六日祖母掌廚做家常菜在「廳下」為他送行。客語說「廳下」，背後供奉的是開墾移民的犧牲者，現尊稱為義民爺，晨昏皆燒香以示尊敬。家人凡有遠行，購車等必於廳前焚香禱告。這是一種傳家的生活方式，古今未變，為了追尋美好生活，陳家堅持代代相傳。

　　聖元是家族來台第十代。「是我的曾祖父陳水柳翻轉了家族的命運，購買橫山村口數甲田地，讓後代孫無後顧之憂，也讓聖元的曾祖父陳明亮可以去台北師範唸書，一九二五年陳水柳也坐火車去台北探望兒子，在台北火車站留下照片。」橫山論壇創辦人陳文堂指著牆上一張張黑白照片，提及陳家來台的歷史。

　　「我的祖母、母親都是沿著台三線嫁來我們陳家的，」這時羅菊蘭正忙完廚房的工作，一起為今天的家族盛宴展開序幕，「台三線是臺灣內山的縱貫公路，在臺灣工業化前是臺灣經濟的動脈，茶葉、糖與樟腦等高經濟物產由台三線與世界經濟連結，沿線居民過著辛勤而富足的生活。曾經是先祖走過的產業道路，曾幾何時，沒有了在地作物，我問自己，橫山還剩下什麼與世界接軌？」曾任前諾華亞太區人資總監的陳文堂，退休後回到自己家鄉，以當初向國外朋友介紹自己是客家人的初衷，相信自己

「耕讀傳家」的家園生活其實就是橫山鄉小旅行的最佳縮影。

　　「『耕讀傳家』，以現代人的詮釋，「耕」，就是努力工作發展技能，成為各領域的專業人士；而「讀」，讀書吸收知識，翻轉階級，堅持傳統但與時俱進放眼世界。我的母親羅菊蘭就是台三線最佳的觀光代言人」，陳文堂舉杯向母親道謝，羅菊蘭頷首向同桌的至親好友一一致意，一抹慈祥溫潤的笑容深深牽繫著一家人的情感。「仙草雞是今天的桌心菜、客家小炒『手路』很細，每道菜分開不勾芡不混搭；小石斑魚先用鹽和醋醃過，骨頭脆軟，每口嚼著嚼著滋味都不同；而這道蔬菜裹麵粉是客家式天婦羅；酸菜三層肉，不肥不膩；白斬雞沾桔醬，自家養的雞；還有這道麻竹筍燉蹄膀，為我的長孫即將入伍當兵，足足燉了六個多小時。」羅菊蘭一邊介紹準備許久的佳餚，叔公陳清泉校長還為聖元準備了大紅包，甫自政大土耳其語文系畢業的聖元至今已出版了《來去芬蘭上學》、《芬蘭的青年力》和《呢喃中的土耳其》三本書。

　　從高中決定遠赴芬蘭擔任一年交換學生開始，聖元即已展現「立足台三，放眼世界」的青年抱負與壯遊胸懷，在家族長輩的諸多鼓勵下，不多話的聖元都一一微笑仔細聆聽。談起了對未來的規劃，兼具父親的浪漫熱情與母親冷靜理性特質的聖元，眉宇間仍掩不住如劍出鞘前的青年氣勢，「上大學後，我決定到土耳其當交換學生，憑著芬蘭生活的經驗，我知道若要讓世人理解我是誰，我一定要先知道自己是誰。我來自新竹橫山，我是客家人。」話語間雖未道出對未來的明確規劃，但是一條充滿年輕生命力的台三線已在聖元的言談間隱然成形。

　　新竹縣橫山鄉位於浪漫台三線上，古名「橫山聯興庄」，由來是從芎林、石壁潭遠望，山勢如屏障橫陳，而有橫山之稱。沿

頭前溪河谷平原海拔100～300M的芎林、文林、石潭、秀湖到橫山鄉的橫山、新興、大肚等村多屬於高位或低位河階，土壤多為砂質土與礫石互層，適合柑橘、茶葉與相思木的栽種。從帶動觀光與振興在地經濟為著眼點，提起新竹縣橫山鄉，一般人聯想的不外乎內灣車站或是劉興欽漫畫館，若不親自來到橫山鄉客家莊坐坐，不會深刻感受客家文化世代傳承的家族底蘊。

　　想起日前才品嘗了羅菊蘭特別為客人們親手製作的客家甜點美食「牛汶水」，內心還浸潤於暖呼呼的糯米香與甜蜜蜜的黑糖薑汁裡。羅菊蘭說，常常有相關單位安排學生或研究學者前來參觀她的美食製作，為了方便製作「牛汶水」的主體粢粑，她買了電動攪拌機取代傳統用棍子攪拌至黏稠凝結，或者以杵臼大力搥擊，增加黏度，「但是我們客家人總要舂打大量的粢粑，以饗賓客的精神不會改變。」

　　家族聚餐後，陳文堂引領我們參觀「潁川堂」。一九六二年由陳文堂父親陳福海與祖父共同起造現址的潁川堂，外觀是傳統客家伙房建築，一九九九年白蟻為害，改鐵皮屋頂，二○一二至二○一五年再次維修，二○一三年十二月十三日正廳以古法上樑，德國製造的屋瓦特別由聖元及堂兄弟一起挑選，「畢竟這裡他們將會住得比我久！」陳文堂將臺灣式的冰涼包種茶以葡萄酒杯承載，「潁川堂正廳供奉的是義民爺，是客家人保鄉衛民的祖先，聖元當兵前在此與叔伯、兄弟共食別有意義。」聖元隨我們坐了下來，低頭沈思不語的模樣倒與任教國小的母親非常神似。

　　手持ipad，為我們滑出一張張中英混搭的精彩簡報，「什麼是浪漫台三線的特色呢？」在屋內古樸建築架構間以現代式的優雅混搭，陳文堂語重心長地提出一個擲地有聲的問題，「北部台三線是客家的大本營，『耕讀傳家』實在是台三大道的文化特

色。」從陳文堂在聖元的著作《呢喃中的土耳其》題字：「立足台三，放眼世界」便可知「耕讀傳家」精神已在其中。陳家第一代約在一七五〇年代在新竹紅毛港上岸，第六代陳水柳（一八六八－一九四七）因父母早逝，約在一八八八年左右自竹東簡頭壢（今上坪軟橋一帶）投靠橫山鄉田寮村堂伯公，以製作「火窗」為業，後入私塾學漢文，並習擇日，行地理看風水，與橫山蔡德業長女成婚，擇日卜卦，人稱水柳仙，方圓十里無人不知。一如一九二五年陳水柳坐火車北上探望兒子陳明亮，陳文堂二〇一五年到土耳其伊斯坦堡探望兒子聖元，一同討論生涯。

　　一桌豐盛的客家美食不只菜餚可口，點心也琳瑯滿目，除了陳家自己摘種、後製的咖啡、茶葉外，還有早期客家婦女田頭田尾連結親情的「牛汶水」令人難忘。這些令人垂涎三尺的食物，一刀一刀「手路」的工夫，不僅代表客家文化的精神，更傳承著平日家族血濃於水的枝葉牽繫。不論日頭炎炎或是風雨侵逼，一滴滴先祖汗水早已結成台三線上纍纍的果實，留在家常食物與人情裡。新竹縣橫山鄉潁川堂的陳家子孫秉持著「耕讀傳家」的客家精神，守候祖傳家園，如「潁川堂」正廳大樑，各自運用不同的管理發展模式與人生實務經驗，步步踏實，從自己的土地出發，逐一實踐自己，讓夢想成真。

峨眉教堂再活化，百年餅店傳承香

　　只要來新竹縣峨眉鄉走一走，你一定會愛上這裡，沿著山路蜿蜒而行，遠離城市喧囂，寧靜紛紛與綠意一路相迎。但也因峨眉鄉人口稀少，主要商業活動仍以傳統式柑仔店經營日常用品為主，來到這裡一定不會錯過的兩個地方：野山田麵包坊和建成餅店，代表著在地產業的不同經營模式。

　　峨眉鄉位於新竹縣南側，原稱「月眉」，因峨眉溪曲流凸岸半月形的沖積河階故得名。東與北埔鄉相接，北與寶山鄉毗連，西側及西南與苗栗縣頭份市、三灣鄉、南庄鄉等三鄉鎮接壤，人口組成以客家族群為主，自1904年將月眉改為峨眉，一直沿用至今。峨眉鄉由於地屬丘陵，農產品以水稻、茶葉及柑桔為大宗，工廠多以製茶為主，尤以「東方美人茶」最富盛名。然而隨著製茶工業的產量減縮，在地人口的外流，如何充分活化文物，有效加值產業，以深度化和精緻化為商業發展的規劃原則，成了峨眉鄉居民的重要課題。

　　一個一個從窯裡出爐的柴燒窯烤麵包，散發出淡淡香氣，每天限量手作的麵包，都被遊客秒殺搶購一空，尤其名為「紅豆美人」的麵包，只要一入口，包你愛不釋手，其內餡包著熬煮紅豆餡加東方美人茶，嚼進口裡齒頰留著茶香久久不去。

　　野山田麵包工坊置身於一棟歷史悠久的天主教教堂，究竟是如何化身為麵包工坊的呢？

　　這座歷史超過半世紀的天主教堂，曾是峨眉鄉居民極為重要

的聚會場所，然而隨著教堂逐漸失去民生資助功能，教友流失導致荒廢。二十年後，從小在峨眉鄉長大，現任峨眉鄉月眉觀光休閒產業文化協會姜信鈞理事長於2006年將教堂租下來。幾乎一輩子住在峨眉鄉的姜信鈞，申請公務員退休後，希望能為自己的家鄉做點事情。他表示，當初創建窯烤麵包，原本是為了幫助患有憂鬱症的鄰居走出家門，還請麵包師傅教導在地居民學習製作麵包。剛開始位於偏鄉的麵包坊生意並不好，不過漸漸地窯烤麵包打出知名度，也意外創造許多在地就業機會；近年還有輕度智能障礙的民眾加入協會工作行列，讓住在工作機會較少的偏鄉，也能安心在住家附近工作。

如今峨眉鄉天主堂的柴燒窯烤麵包，已成為在地觀光產業的一大特色，讓廢棄的天主堂又再度活絡起來。此外，由於峨眉鄉盛產桶柑，姜信鈞發現橘農因消費者偏愛外觀漂亮的桶柑，不得不「處理」掉賣相不佳的橘子，因此協會開始善加利用丟棄的桶柑，製作桶柑果醬，不僅可以搭配窯烤麵包的使用，甚至能調製成果汁，延長桶柑的賞味期限。不但運用在地食材製作麵包、果醬，還改良客家傳統以虎頭柑製作的「酸柑茶」，增加銷售機會，不但了幫助鄉民工作顧家計，賣麵包的盈餘也成為修繕維護天主堂的經費，為安靜的峨嵋偏鄉山城，帶來商機和觀光人潮，也讓許多失業在家的中高齡長者有了工作機會。

姜信鈞說，「野山田」在地產業活化的真正意義其實就是「Yes We Can」，真正執行這個計畫的是參與的在地居民。姜信鈞藉由工坊讓當地居民有了新的依靠和希望，也讓廢棄的教堂因注入更多的社區活動而賦予更有意義的故事。在每天準時出爐的麵包背後，有著峨眉熱騰騰的活力與希望。

不在繁華的商業街道，峨眉鄉「建成餅行」位於峨眉國小對

面，如今已傳香百年，第三代吳清勛的父親三年前生了場大病，他與妻子虞冰菁放下花蓮的餐廳經營工作，回鄉繼承家業，也照顧臥病在床的父親。他承襲堅持全手工製餅的精神，自己親自煉豬油、炸蔥頭及熬煮冬瓜，豬油餅外酥內軟，口感絕佳。「不能沒人接棒，這樣就再也嘗不到古早味了！」虞冰菁說，因為家族沒人接棒，毅然回到家鄉接下餅店，多年來依然堅持全手工製餅，始終依照先生的指導和公公的囑咐，每個細節確實以傳統手工方式來操作，也與許多顧客成朋友。

蒞臨百年老店的老顧客也常常關切「第四代誰來接？」，隨著母親一句「回來吧！」的召喚下，讓二十五歲的吳芳婷放棄知名飯店公關職務，返回峨眉老家繼承擁有百年歷史的手工餅業。當時雖覺得惋惜，卻也從中找到自我定位與家庭價值；如今她返鄉接下「建成餅鋪」第四代棒子，穿上圍裙、戴上口罩，賣起豬油餅。更將古早味手工豬油餅，成功地從實體通路推向網路、手機平台，賦予百年老店嶄新生命。

在家中排行老大的吳芳婷說，返家鄉不久後便感到無聊，不知回鄉的意義為何？直到某天，一名年邁婦女搭著公車，提著挑擔來店內買豬油餅，原來早年物資缺乏，生活艱困，以豬油餅為喜餅代表福氣，現在這位婦人的兒子要結婚了，特地來訂傳統豬油餅，希望讓自己的兒子也能感受到自己當年的幸福。當時吳芳婷深刻體會自家豬油餅不平凡的故事，更感受著世代傳承的真正精神。

如今吳芳婷跟著爸媽學習製餅也有四年之久，逐漸體驗製餅的精神所在，她也懂得運用學校所學，以現代傳媒讓年輕人真正親近傳統糕餅的美味與溫度，每年中秋節會致贈峨眉國小師生品嘗月餅。她的理念創意為百年老店帶來嶄新氣象，對此虞冰菁更

鼓勵女兒繼續讓餅店的傳統味道延續發揚，並堅持一個原則，就是餅店一定要留在峨眉，安守在這個先祖創業的發跡之地。建成餅店的傳統糕餅不但帶給不同世代的幸福滋味，如今更有第四代手工製餅的活力與堅持。

　　建成餅店的主要產品是臺灣傳統客家風味的「漢餅」，如豬油餅、番薯餅、白鳳酥、客製囍餅等，品項雖然不多，店鋪位置更不是在熱鬧的都會市區，面對連鎖西式餅店的四處林立、鄉村的人口外移、年輕人的口味西化等情況，依然堅持保留傳統口味，至今堅守在偏遠山城屹立一百年，保留住屬於建成餅店的百年風味。

經理大宅門，厚生日常味

　　週六晚上，拇指園的主人、也是范宅第八子范光棣，帶著女兒、女婿、外孫回到祖宅「高平堂」吃晚餐，「自由生活、自己生活、和平共存」是主人與園內動植物共同的家訓；而佔地三公頃半的「范宅」，擁有兩百多位家族成員的大家族，立有「家族憲法」，協議永不分家，平日各自在外打拼。

　　他們其實是一家人，但是各自如何實踐看似迥異的家庭精神呢？

　　位於新竹縣關西鎮南和里的「高平堂」第一代主人范朝燈在關西一帶頗負盛名，相傳為北宋名臣范仲淹的第三十代後裔，只讀過三年私塾的范朝燈，栽培子女讀書更為鄰里樂道，富有傳奇色彩的晚年極有遠見的在祖厝旁興建一座「高平堂」，區隔十戶，冀望當時散居海內外的十子未來落葉歸根。前房祖厝與後舍「高平堂」分別由ㄩ字與ㄇ字型的房舍構成，從空中鳥瞰，屋舍呈現口字型，建築本身就揭示了這個家族的中心價值：大口之家，圓圓滿滿、永不分家。

　　一進大門，五子范光銘正在門口整理一盆盆盛放的蘭花，看到弟弟范光棣回來，馬上趨前聊了起來。目前負責管理「范宅」的范光銘，談起父母的生活經營哲學，「父親在日本人殖民時候養蘭花，當時日本人遇大慶典送禮的必選物就是蘭花，父親因而賺了點錢，他常訓示我們，『真正的禮物，會使你心疼』，父親養蘭，和我們分享的不但是日本人送禮哲學，更是善與人交往的

深厚品德。當時日本公學校校長非常敬佩父親,還取『范』為漢姓。這片祖厝土地是八十多年前,媽媽陳對妹以賣菜所攢下的辛苦錢購得,她一生的夢想,也是希望這塊地成為後代子孫的『老巢』,大家年老時能夠滿足回鄉團聚的家族情感。」

　　漫步高平堂日式園林,范朝燈的家訓遺澤隨處可見,石橋旁有一尊背著柴薪還不忘低頭讀書的石像,那是以苦讀聞名的日本農政改革家二宮尊德,「日本統治時期父親捐了這尊石像給學校,臺灣光復後,石像要拆,父親就領回家,以此勉勵我們用功讀書,經世濟民。」范光棣說。

　　「父親的家訓與教誨無所不在。當父親健在時,除了老五留在祖宅照顧父母外,老四以上的哥哥留學日本,老六以下留學歐美。當時大家都覺得開枝散葉的子孫怎麼可能回鄉?現在想想,真是深深佩服父親的遠見!雖然老大、老么差了二十歲,一大家子也只有在三十年前父親病危時一起有同桌吃飯的機會,如今大家也都一一如父母所願回到祖宅安享晚年生活了。」范光棣說。范家十子在世界各地事業有成後,如今能落葉歸根,不知真是被睿智的范老先生料到,還是范家家族深厚情感的凝聚力使然?

　　十子中最為人熟知的除了創辦萬國法律事務所、也曾擔任精省後的臺灣省省主席九子范光群外,就是第八子范光棣。在出國四十年後的他十多年前決定落葉歸根,回歸故鄉。他把祖先留下來的一片荒地闢建成一個完全有機的自然農園,把自己熟諳的老莊哲學付諸生活實踐,成立民宿「拇指園」。雖然不是如祖宅般設計十個安身立命的居住空間,但是居住其間的家人與動植物能個個擁有自己的天地,天寬地闊,和平共存,儼然是范家祖傳家訓的「萬物厚生版」。

「我們一家人不吵政治、宗教、財產，」范光棣說。為維持兩百多位家族成員的和諧，父母過世後，范家兄弟即召開家庭會議，寫下日後維繫家族的備忘錄，成為范家的「家族憲法」，協議永不分家。憲法內容包括成立家族公基金，避免日後家人因利益衝突而傷了和氣，為家族服務的范光銘大媳婦莊芳蓮就是領公積金的薪水。兩百多人的大家族要能維持和諧，除了人際溝通是關鍵外，在家族制定家庭憲法、成立公基金的共識下，一個善於規劃金錢收支與家務分配的「媳婦專業經理人」，就成為這個大家族相互信賴與感情凝聚的關鍵人物。

范家十個兒子，每人每年十萬元存入公基金。范光銘指出，這一百萬元除了支付莊芳蓮「專職媳婦」的薪水外，水電、瓦斯、飲食、房舍偶有的小修繕、過年發給孫子們的紅包都從公基金中支出。嫁進范家三十多年的莊芳蓮，領了公基金近三十年的薪水。婚後仍從事會計職務的她，在懷了第三胎時，受到公公及叔伯們邀聘辭去原職，至范宅任職，工作內容是打理全家族家務與膳食。在婚後第八年，莊芳蓮從職場轉入家庭，成為范家的媳婦專業經理人。

「剛開始煮給一大家子吃，壓力好大，每個人口味不同，不知道要配合誰，」莊芳蓮說，原本全心掌管家務的婆婆又習慣在一旁緊迫盯人，婆媳之間充滿高壓氣氛，「這些都要學習，尤其是學習忍耐，以同理心相待自己的家人，」莊芳蓮看似平淡的口氣，絲毫感覺不出當時有任何適應問題。於是對烹飪飲食有興趣的她積極參加地區「農會家政班」的課程，從認識食材、學習烹飪開始，還到空中大學就讀生活科學系，修習現代婦女權益、食品營養等課程。莊芳蓮非常有自信地說：「領人薪水，就要認真視為一份工作。」

二十多年下來，莊芳蓮不但經營范家大宅門的家務早已駕輕就熟，種菜、醃筍都難不倒她，清明節、中元普渡或是過年回家團聚的眾多家人伙食，莊芳蓮都能一一打理。她至今還領有中餐廚師證照，常常參加縣農會的烹飪比賽，成為「農會家政班」的重要幹部，更隨著從教職退休的先生，一起考取「托育人員」的證照。

　　想體會客家家族根系的凝聚力有多強，不但要拜訪百年大宅門「范家高平堂」，更要一起與大家族同桌共食，方可略窺一二。天色漸暗，莊芳蓮陪我們聊完後，隨即回到廚房準備晚膳。當天為週末，除范光銘夫婦、莊芳蓮一家人之外，就是范光棣一家人回到「高平堂」。用餐時間到了，只見兩大圓桌坐滿了人，熱熱鬧鬧地開始你一言我一語。隨即一道道佳餚送上桌，木耳菇類蛋花湯、煎秋刀魚、黃豆豉大草魚、酸菜竹筍三層肉湯、紅麴雞等，道道美味。莊芳蓮說，即使每個人口味不同，她現在烹飪的原則就是清淡、養生，雖是兩大桌的家人用餐，但對范家大宅門而言，除非大節日，平日餐餐就是家常用菜。

　　范宅傳承至今已進入第四代，「身為長輩，我們不會勉強在外打拚生活的子孫回家定居，」范光棣說，「『高平堂』永遠是范家子孫的避風港。」大口之家，不管子孫綿延何方，一如「拇指園」的家訓，「自由生活、自己生活、和平共存」，只要回來，家裡永遠有代代親情綿延的支持，也有溫暖腸胃的佳餚等著遊子倦鳥歸來。

從「生活」實踐生活哲學：
拇指園兩代傳承

　　相傳是北宋名臣范仲淹第三十代後裔、范宅第一代主人范朝燈，平日極注重子女教育，富有傳奇色彩的晚年極有遠見的在祖厝旁興建一座「高平堂」，區隔十戶，相信當時散居海內外的十子必將落葉歸根，「當時大家都覺得開枝散葉的子孫怎麼可能回鄉？現在想想，真是深深佩服父親的遠見，」老八范光棣說。從空中鳥瞰，屋舍呈現口字型，前房與後舍，分別由ㄩ字與ㄇ字型的房舍構成。范宅建築本身就揭示了這個家族的中心價值：大口之家，圓圓滿滿、永不分家。

　　出國四十年後，十多年前范光棣決定落葉歸根，回歸故鄉。他開始整理一片位於新竹縣關西鎮長壽村的土地，取名「拇指園」，佔地約一公頃，三面環河、形如拇指、故得其名。「自由生活、自己生活、和平共存」是他的家訓，動植物們和主人各自生活著。

　　范光棣把祖先留下來的一片荒地闢建成一個完全有機的自然農園，把自己喜歡的老莊哲學付諸實踐，不但自己與家人過著返樸歸真、自給自足、天人合一的休閒生活，還將這個生活哲學推廣給普羅大眾，歡迎大家一起來分享現代陶淵明的生活，成立了名聞中外的民宿「拇指園」，現在已是Tripadviso、新竹縣人氣榜排名第一的民宿、2016年「世界旅行者之選」獎得主。一進入園內就被一株繁花盛放的美人樹深深震懾，主人說園內四季風景各異，有數棵百年茄苳神木、世界各地的奇花異草，還有上百種

果樹隨時歡迎你自由摘取。走在園裡，會不時地與主人養的各種自由生活和平共處的動物相遇，包括貓、狗、馬，孔雀、兔子、鴿子、雞、鴨、鵝、火雞、朱雞等等。

「尤其在繁殖籠中養了數十種稀有鸚鵡，繁殖出來的小鸚鵡在園內自由飛行，還會自動飛到牠們喜歡的客人肩上，不過牠們有時候也會飛走就再也沒看見了，」范光棣的女婿丁庭宇笑著說。會不會擔心或是捨不得呢？范光棣以極其平和的口吻說，「我這兒本來就是任動物自由來去的！」

在「拇指園」的時間真是「山中無甲子」，走在大門前就受到恣意怒放的美人樹熱情擁抱，找了半天沒有任何門鈴的結果，主人說其實隨時推門就進來了。走進蜿蜒小徑，隨處迎接的不是一般景觀農園的人工造景，而是隨處休憩的迷你馬兒、孔雀或兔子，不小心在草地上和鵝媽媽相遇，她正領著一群剛出生不久的小鵝往溪邊走去。一進大門，迎客而來牧羊犬正環繞著你身邊，其實牠是在追著一群鴨子，不時還有各色鸚鵡從頭上掠過。「我不過是在分享我的退休生活，」一頭銀髮的范光棣正從自己打造的樹屋下來，大樹上的樹屋是園內顯著地標，樹下有個鞦韆輕輕盪呀盪，問他為何建樹屋，「樹屋是每個小男孩的夢想，你不想蓋一個來玩嗎？」范光棣意味深長笑著說，「前天我才和幾個朋友在樹屋泡茶聊天，有時就在上面睡個午覺。」沿著自造的梯子拾級而上，進得屋內別有洞天，一隻母雞正在巢內安靜孵蛋，「不知何時她自己飛來，默默銜草枝就開始築巢了。」說起這隻母雞的神情，范光棣像說著自己家人般的自然熟悉。

數月前才喜獲麟兒的丁庭宇先帶著我們四處走走，抬頭有火龍果隨你享用，看到園內的果實就隨手摘了放進口裡，不管是奇特的神秘果、花生醬果或是樹葡萄，那滋味就是和超市買回來

冷凍水果不同，著實令人感受與自然共存的生活況味。沿著另一條小徑漫步，潺潺水聲不絕於耳，鳳山溪映入眼簾。「有時我們會帶著客人到這兒烤肉，池是我們自己挖的，可以享受抓魚的樂趣。有時國外的客人一來就住上許多天，就是來這兒享受生活。」辭去台北工作的丁庭宇陪著老婆回來拇指園定居，這裡的生活就是他對生活理想的實踐，簡單而自然。

回到屋內，范光棣千金范揚逸為我們準備的午餐，食材全來自園內。飯後來一杯自家釀一個月的客家小米酒－紅麴酒，真是溫潤回甘，賽似神仙。「記得小時候我們都是過年喝，天冷喝一口，身體馬上受熱，喝了一口還想再喝一口。紅麴放糯米的滋味真是特別，可是二十年前回來已經沒有人會，過年更沒有人喝，我請二姐教，女兒學著做，未來我們要在拇指園內開一家複合式餐廳，大家竟可以喝到我們『客家小米酒』囉！」臉色微紅的范光棣興緻勃勃地談著拇指園的計劃。千金和女婿抱著孩子在一旁靜靜聽著一頭耀眼白髮的父親說話。

在園外鳥聲和鳥巡的節奏間，我們繼續啜飲著范揚逸為我們準備的肉桂葉茶，「我從小就喜歡咬肉桂皮，聞各種花草的味道，平時就喜歡烹飪，回來陪爸爸媽媽後就一直找家裡的食材製作自然又創新的料理，未來還想將居住加拿大時最愛吃的點心 *"funnel cake"* 烘焙給大家分享，連中文名字「煩惱餅」都想好呢，未來也要申請註冊。」范揚逸言談間充滿溫潤爽朗的笑容，令人想起孕育加拿大與臺灣的文化精華，也是兩地的陽光和父母的教育共同滋養著她吧。范光棣向范揚逸提及遠居加拿大的大兒子想要刺青的事，令人驚訝的是，原來家庭教育在這裡，距離真不是問題！父親可以和大兒子越洋討論整個手臂刺青問題，讓大兒子自己決定放棄刺青這個念頭。我閱讀著大兒子和二兒子合著

的英文繪本 *"The Night Gardener"*，裡面男主角「園丁」一頭銀髮、喜帶紳士帽的模樣根本就是父親范光棣的翻版。書裡園丁以默默照顧植物的方式帶給一座小鎮嶄新的希望，卻沒有人知道他的名字，闔上書本，身處群樹圍繞，鳥獸成群的拇指園，書裡的樂園不就在此？而默默照顧眾生的園丁，不就正是遠在臺灣的作者父親嗎？

范光棣幾乎都在拇指園過生活，但他對世界的觀是沒有國界的。他向我們提及中國發展的量子衛星、石墨稀等科技新知，深刻洞悉美國總統大選對世界局勢的影響，仿佛這世界依然離他好近。「結合自然與人文深度之美的民宿」，多位住過的房客在網路上如此留言回味，未來女兒與女婿還計畫在園內開設一家餐廳，以自然創意料理實踐對飲食生活的理想。當他看見自己的孩子們不但自在生活，事業有成，還能與自己情感相繫，延續理想，雖然他常提及「拇指園」民宿「不過是分享我的退休生活」，但是從「生活」本身實踐生活哲學不就是最好的智慧「分享」嗎？來到拇指園走走，真的會不時伸出大拇指，說「真是好讚！」

附錄

各章出處及說明

一、評介

〈那種招呼　美如水聲——向陽詩的聲情欣賞〉（紀州庵文學森林【耳朵借文學——向陽的亂歌Ｚ／Ｓ戀歌】展覽特刊2017.5）

〈如歌的行板——瘂弦詩作小論〉刊登於《國文新天地》（第23期，83-94，2011.4）

〈日式糕餅的滋味——白萩與臺中的生命原味〉收錄於《台中文學地圖》（台北：遠景，2015.12）

〈白萩詩領空〉刊登於《聯合報》副刊（2016.2.6）

〈蛾之死：白萩〉收錄於《臺中作家的第一本書》（台北：遠景，2016.4）

二、書序

〈他盡量讓它們彼此貼近彼此對應〉收錄於王宗仁著作《詩歌》（台北：爾雅，2016）

〈早生華髮，煎熬詩心〉收錄於陳謙著作《文學生產、傳播與社會：解嚴後詩刊選題策略析論》（台北：秀威，2010.5）

〈不只是「鷹架」〉收錄於蔡淇華著作《寫作36力》（台北：國語日報，2016）

〈跨世紀文學觀察報告——陳謙及其《詩的真實：台灣現代詩與文學散論》評介〉原刊登於《笠》詩刊（二八四期，p172-174，2011.8），後收錄於陳謙著作《詩的真實：台灣現代詩與文學散論》（台北：秀威，2010.6）

〈撫岸輕輕，你多繭的手〉收錄於陳謙著作《給台灣小孩》（彰化：彰化縣文化局，2009.8）

三、語文教學

在巨人的房間旅行（《印刻文學生活誌》，2014.9）

聆聽文學重力波（《幼獅文藝》2017.4）

四、我在採訪人生

一瓶福菜的家族味緒：鹿寮坑羅屋舌尖上的鄉愁（《浪漫台三線款款行惜食客滋味——18個歲月精釀的美味故事》，台北，天下雜誌，2017）

耕讀傳家，日常人情：橫山潁川堂常民午宴（《浪漫台三線款款行惜食客滋味——18個歲月精釀的美味故事》，台北，天下雜誌，2017）

峨眉教堂再活化，百年餅店傳承香（《浪漫台三線款款行　把山種回來——18個返鄉青年的創業故事》，台北，天下雜誌，2017）

經理大宅門，厚生日常味（《浪漫台三線款款行惜食客滋味——18個歲月精釀的美味故事》，台北，天下雜誌，2017）

從「生活」實踐生活哲學：拇指園兩代傳承（《浪漫台三線款款
　　行　把山種回來——18個返鄉青年的創業故事》，台北，天
　　下雜誌，2017）

正視老人存在價值，活出自己的尊嚴：南投菩提長青村（國語日
　　報2016.9.1）

讓水生植物回娘家（《上好一村——35個同村共好心故事》，台
　　北，天下雜誌，2016）

聽我唱起家鄉的歌（《上好一村——35個同村共好心故事》，台
　　北，天下雜誌，2016）

傾聽內心的鼓聲（《上好一村——35個同村共好心故事》，台
　　北，天下雜誌，2016）

北投郊山小農幸福圈（《上好一村——35個同村共好心故事》，
　　台北，天下雜誌，2016）

浮球變書箱，書香飄湖西（《上好一村——35個同村共好心故
　　事》，台北，天下雜誌，2016）

村民寫村史，外垵一家親（《上好一村——35個同村共好心故
　　事》，台北，天下雜誌，2016）

生命處處是韻腳——詩人余光中訪問記（中央日報副刊2002.7.9）

長安西路39號——「臺北當代藝術館」的前世今生（《新觀念》
　　153　2001.7頁54-56）

一個卵生天才的夢想國度：西班牙費格拉斯達利戲劇美術館
　　（《新觀念》147，2001.1頁84-879.）

誰是武林新盟主？——聽說書人張大春說「城邦暴力團」（《新
　　觀念》137　2000.3頁36-37）

坐看觀音夕照,百歲「紅樓」重現風華（《新觀念》137，2000.3
　　頁64-65）

鏡花水月盡在玻璃中——琉園水晶博物館（《新觀念》135，
　　2000.1頁78-79）

坐擁滿山楓紅，聆聽秋水日潺湲——平等里的「次男花圃」，邀
　　你來偷閒（《新觀念》134　1999.12頁78-79）

我們都是一家人——「唭哩岸」正在說故事（《新觀念》1999.8
　　頁76-77）

胡適在中研院的那段日子——訪中研院院士石璋如（中央日報副
　　刊，1990.12.18）

在歷史中鑑往知來——余時英先生的「保守」與「激進」（中央
　　日報副刊，1990.8.4）

寫作群像——永遠的詩人：李瑞騰教授側寫（《幼獅文藝》
　　583，1990.7頁20-21）

民族音樂現代音樂及其他——許常惠教授的音樂生命（中央日報
　　副刊1990.5.24）

秀威經典　　　　　　　　語言文學類　PG1845　新視野42

在巨人的國度旅行
——當代語文研究、教學與實踐

作　　者/顧蕙倩
責任編輯/盧羿珊
圖文排版/周妤靜
封面設計/蔡瑋筠

出版策劃/秀威經典
發 行 人/宋政坤
法律顧問/毛國樑　律師
印製發行/秀威資訊科技股份有限公司
　　　　　114台北市內湖區瑞光路76巷65號1樓
　　　　　電話：+886-2-2796-3638　傳真：+886-2-2796-1377
　　　　　http://www.showwe.com.tw
劃撥帳號/19563868　戶名：秀威資訊科技股份有限公司
　　　　　讀者服務信箱：service@showwe.com.tw
展售門市/國家書店（松江門市）
　　　　　104台北市中山區松江路209號1樓
　　　　　電話：+886-2-2518-0207　傳真：+886-2-2518-0778
網路訂購/秀威網路書店：http://www.bodbooks.com.tw
　　　　　國家網路書店：http://www.govbooks.com.tw

2017年9月　BOD一版
定價：280元
版權所有　翻印必究
本書如有缺頁、破損或裝訂錯誤，請寄回更換

國家圖書館出版品預行編目

在巨人的國度旅行：當代語文研究、教學與實踐 /
顧蕙倩著. -- 一版. -- 臺北市：秀威經典,
2017.09
　　面；　　公分. -- (新視野；42)
BOD版
ISBN 978-986-94998-2-8(平裝)

1.中國當代文學 2.文學評論 3.文集

820.7　　　　　　　　　　　　106012313

讀者回函卡

感謝您購買本書，為提升服務品質，請填妥以下資料，將讀者回函卡直接寄回或傳真本公司，收到您的寶貴意見後，我們會收藏記錄及檢討，謝謝！如您需要了解本公司最新出版書目、購書優惠或企劃活動，歡迎您上網查詢或下載相關資料：http:// www.showwe.com.tw

您購買的書名：＿＿＿＿＿＿＿＿＿＿＿＿＿＿＿＿＿＿＿＿＿＿＿＿

出生日期：＿＿＿＿＿年＿＿＿＿＿月＿＿＿＿＿日

學歷：□高中 (含) 以下　　□大專　　□研究所 (含) 以上

職業：□製造業　□金融業　□資訊業　□軍警　□傳播業　□自由業
　　　□服務業　□公務員　□教職　　□學生　□家管　　□其它＿＿＿

購書地點：□網路書店　□實體書店　□書展　□郵購　□贈閱　□其他

您從何得知本書的消息？

　　□網路書店　□實體書店　□網路搜尋　□電子報　□書訊　□雜誌

　　□傳播媒體　□親友推薦　□網站推薦　□部落格　□其他＿＿＿＿＿

您對本書的評價：(請填代號　1.非常滿意　2.滿意　3.尚可　4.再改進)

　　封面設計＿＿＿　版面編排＿＿＿　內容＿＿＿　文／譯筆＿＿＿　價格＿＿＿

讀完書後您覺得：

　　□很有收穫　□有收穫　□收穫不多　□沒收穫

對我們的建議：＿＿＿＿＿＿＿＿＿＿＿＿＿＿＿＿＿＿＿＿＿＿＿＿

＿＿＿＿＿＿＿＿＿＿＿＿＿＿＿＿＿＿＿＿＿＿＿＿＿＿＿＿＿＿＿＿＿

＿＿＿＿＿＿＿＿＿＿＿＿＿＿＿＿＿＿＿＿＿＿＿＿＿＿＿＿＿＿＿＿＿

＿＿＿＿＿＿＿＿＿＿＿＿＿＿＿＿＿＿＿＿＿＿＿＿＿＿＿＿＿＿＿＿＿

11466
台北市內湖區瑞光路 76 巷 65 號 1 樓

秀威資訊科技股份有限公司　　　收
　　　　　BOD 數位出版事業部

···

（請沿線對折寄回，謝謝！）

姓　　名：＿＿＿＿＿＿＿＿＿＿　年齡：＿＿＿＿　性別：□女　□男

郵遞區號：□□□□□

地　　址：＿＿＿＿＿＿＿＿＿＿＿＿＿＿＿＿＿＿＿＿＿＿＿＿

聯絡電話：(日) ＿＿＿＿＿＿＿＿＿＿＿　(夜) ＿＿＿＿＿＿＿＿＿＿＿

E-mail：＿＿＿＿＿＿＿＿＿＿＿＿＿＿＿＿＿＿＿＿＿＿＿＿＿